利害一致婚のはずですが、ホテル王の一途な溺愛に蕩かされています

プロローグ

この夜から、すべてがはじまった。

勇気を振り絞って異国にやってきた夜、まさか、こんな出会いがあるなんて——

「——さえ」

シンガポールの夜景が一望できるスイートルームの一室。

甘いキスをしながらもつれ合うように部屋を移動し、美しい夜景をゆっくり眺める暇もなくベッドに押し倒された。

つい先程、魅力的な〝利害一致婚〟を提案してきた彼は、マットレスの上で跳ねる身体を縫い付けるようにして素早く覆いかぶさってくる。

「すぐるさん……」

紳士的だった彼の、優美な獣のような姿。じわりと身体中の熱が下腹部に集まるのがわかる。

「今夜から覚悟してね。俺しか見られないようにしてあげるから……」

それを合図に、彼は再び性急なキスを仕掛けてきた。ひとつひとつ衣服を剥がし、情熱的に素肌に触れていく。

ベッドルームに密やかに響く、ふたりの荒い息遣い。

昨日までの失恋の痛手が嘘のように霧散し、心も身体も甘く溶かされていく。

数時間前まで、婚活パーティーで〝同じナンバー〟を持つ、ただの参加者同士だった。

会場で言葉を交わしたのはほんの少しだけ。

それも、私たちは初対面だった。なのに、なぜこうなってしまったのか。

偶然？　それとも、運命？

私にもわからない。でも、もうどっちだっていい。

彼という極上の男性に魅了されてしまったから。

好きでもない人と結婚させられるくらいなら、たとえどんな形であろうと彼のそばにいたい。

彼のことが――すぐるさんのことが、好きだから。

これからの未来に甘い予感を抱きながら、でもかすかに頭の片隅に存在する戸惑いから視線をそらしながら、与えられる念入りな愛撫を貪欲に受け入れる。

「あぁっ……んっ、すぐるさん……」

「たまんないな……。今すぐあげるよ……早く俺のものになって――」

恥じらいながら熱を求めたその瞬間、グズグズに溶けていた身体が一気に大きな質量でえぐられ、目の前で閃光《せんこう》が走ったかのようにチカチカした。

「あぁんっ……！」

「……くっ」

振り子のように、リズミカルに激しく雄根を打ち付ける彼。私はその背中に硬く腕を巻き付け、与えられる快楽を余すことなく享受した。

「あっ、んぁ……あぁっ、は……」

「……可愛い声をもっと聞かせて。俺のものだって、思い知らせて……さえ」

——出会ったばかりの理想的な王子様。

彼の気持ちも、この先に待っている未来も。まだなにも予想がつかない。

けれども私は決めたの。

彼との結婚に賭けるって。幸せになりたいから。

薄れゆく意識の狭間で何度もキスを交わし、身体を絡ませながら、私たちは甘い快楽の海に沈んでゆく——

第一章　婚活パーティーと花火と理想の王子様と

　ことのはじまりは、およそ一ヶ月前。まだ雪のチラつく二月の頃。

　その日、私はとある二度目の精神的ショックをお酒で緩和していた。

「もう。だからあいつはやめておいたほうがいいって言ったのに……。女好きだし調子いいし、ろくなことにならないって言ったじゃない」

「だって、結婚しようって言ってくれてたんだよ……？」

「本気なら他の人と子供作るわけないでしょう。相手はもうすぐ安定期らしいわよ」

　再び現実を突きつけられて、さらにブワーッと悔しさがあふれる。

　居酒屋のカウンターに突っ伏しておいおい涙を流すと、親友で幼馴染みで同僚という長い付き合いの瀬谷《せや》みゆきが、間もなくやってきたビールと枝豆を勧めてくれた。

　周囲からちくちくと視線を感じるけど、今夜くらいは泣かせてほしい。

　——私、小道咲笑《こみちさえ》、二十五歳は、三年間付き合っていた彼氏、井上友樹《いのうえともき》と一週間前に破局した。

　そして本日の終業後、同じ部署の仲間とともに、後輩との結婚報告を受けたところだ。

「今日はとことん付き合うから元気だして。あんな女好きなんて別れて正解よ。咲笑にはもっと素敵な人がいるって」

「ゔぅ……」

ようやく前向きになれそうだったのに……！　悲しいというよりは、悔しさでいっぱいだった。

トモキは同じ大手化粧品会社Ｔ＆Ｙの国際事業部の同期で、入社してすぐに彼からアプローチを受けた。

『咲笑ちゃんかぁ、可愛いね』

新入社員歓迎会だっただろうか。可愛いなんて言われるのも、テーブルの下でこっそり手を握られるのも初めてで。まったく男性と接点のなかったうぶな私は、甘い言葉と熱烈アプローチにほだされて、すぐに彼と付き合いだした。

――けれども。

『オレ、もう咲笑とは付き合えない』

一週間前、彼はそう言って三年間に呆気なく終止符を打ったのだ。

まさにどん底に落とされた気分だった。

もちろん、みゆきの言う通り、女の子の影があったかと聞かれると否定できない。っていうかいっぱいいいたと思う！

けれどもそのたびに私たちはどうにか問題を解決して、気持ちを確かめ合ってきた。結婚しようというセリフも信じて疑わなかった。

なのに、それがどういうわけか。同じ会社の、同じ部署の、それもピッチピチの新入社員と授かり婚するなんて、私との関係は彼にとって暇つぶしのようなものだったのかもしれない。

あまりのショックで、大学卒業から三年間お世話になった国際事業部の部長に、今月いっぱいでの退職届を手渡し、同じビルの美容部員のみゆきに電話をして……。涙を堪《こら》えながらここまでやってきた。

気弱な私は、元カレ夫婦と同じ会社に留まる精神力なんか持ち合わせていない。

「やっぱ男の人は若くてキャピキャピ元気で可愛いほうがいいのかな……」

新しい恋人（いや、私が浮気相手かもしれないけれど）と終始イチャコラしていたトモキを思い返し、ふいにつぶやく。

するとみゆきの手元のグラスが、カランと大きく音を立てた。

「そんなことないわ。男を間違えただけよ。咲笑はもう少し自分に自信を持って。私は奥ゆかしくて清純派の咲笑の可愛さに憧れてるんだから。井上と付き合う前の頃とか、まさに無垢《むく》な美少女って感じで可愛かったのに」

少し酔いが回っているのか、飛んできたのは盛大なお世辞だ。

「そんなわけないでしょ……」

あまり大きくはない、こぢんまりした二重瞼《ふたえまぶた》。高すぎない平凡な鼻。

今はダークブラウンの緩いパーマをかけたボブヘアだけれど、トモキと付き合うまではカラーリングもしたことがない、日本人形みたいな髪型だった。

みゆきが奥ゆかしいなんて言ったのは、素朴な外見と、たぶん、言いたいことをうまく口にできない引っ込み思案な性分のせい。

私からすれば、大きな猫目が印象的な、正統派美人のみゆきのほうが羨《うらや》ましい。

私なんて、ただ地味なだけなのに。

なんて思いで、整った顔をじぃーっと見つめていると、

「――それで、おばさんには、破局したこと言ったの？」

こともあろうに、私が一番恐れていた話題を持ち出してきた。

思い出したくないと思っていたのに。

涙と鼻水が一瞬にして冷める。

親友でもある彼女とは、五歳からの付き合いだ。実家の隣の豪邸に住む、T＆Y役員の両親を持つお嬢様がみゆきだった。もちろんここに入社したきっかけも、みゆきに誘われたからだ。

これまでずっと一緒で、うちの家庭内事情を熟知している彼女の一言に、私は動揺して目をそらした。

――まずい、どうしよう。とりあえず心を落ち着かせるために、ジョッキに残るビールを飲み干し、喉を潤《うるお》す。

「言ってないのね」

それだけで伝わる彼女はさすがだ。みゆきは焼き鳥をつまみながら苦笑い。

「言ってない。言えるわけないよ……」

両手で顔を覆い大きく息を吐く。言葉にすると、改めてことの重大さを理解し憂鬱《ゆううつ》になる。

考えないようにしていたけれど。

――そう。私には、困っていることがある。

それは、私の結婚を今か今かと待ち詫びる、極度の心配性の母がいることだ。

『引っ込み思案の咲笑は、将来が心配よ！』が口癖で、近年は顔を合わせるたびに『彼氏との結婚はまだなの？』『見込みがないなら、友達の息子さんと会ってみない？』と言ってくる母。

トモキと交際しているにもかかわらず『咲笑の写真を見せたら気にいってるの』と勝手に私の写真を友人の息子さんたちに見せて回ったり、『とりあえず会わない？』と何度も会わせたがったりするのだ。

長年大手企業の敏腕営業職だったのもあって、友人関係が広く、とても社交的。持ってくる写真の数は数え切れない。

口下手でおっとりした私や父が敵うわけもない。ふたつ下に出版社勤めの弟がいるが、『ネタだ』とおもしろがるだけ。つまり家の中は母の独裁政権状態。

別れたなんて知られたら、大変なことになる……！

「今までは『彼氏がいるから』ってどうにか逃れてきたけど、次に帰るときは厳しいかも……。勘と尋問がすさまじくて……」

「嘘がつけなくて押しに弱い気弱な咲笑には、おばさんの追及をかわすのは難しいだろうねー。しかも来月おばさんの誕生日じゃない。どうするの？」

「――っぐぅ」

思わず唸《うな》った。

両親の誕生日は実家で過ごす。これは弟が社会人になった去年からの約束だ。家族が揃う機会も少なくなってしまったため、両親はこのイベントを非常に楽しみにしている。

でも、察しのいい母に会えば、破局したことがバレるのは確実だ。そうなれば、あれよあれよという間に『本日は、お日柄も良く〜オホホ！』なんて事態に発展しかねない。

そうなれば式まで強引に一直線……

あぁ！　やだやだ！　人見知りなのに、知りもしない、ましてや母の選んだ男性とお見合い結婚なんて、絶対無理だ！

「はぁ……どうしよう、みゆき。失恋の傷も癒えないまま、知らない人と結婚させられちゃうのかな……」

頭を抱えながら救いを求めてみゆきに目を向けると――

みゆきは頬杖をついて、それもなぜだか満面の笑みで、私のことをじっと見つめていた。

なんだか、嬉しそう……？

「そう言うと思ってね――」

ポカンと見つめ返していると、みゆきは待っていましたと言わんばかりに微笑んで、高級ブランドバッグから一枚の華やかなハガキを取り出す。

「――これ。一緒に参加しない？」

少しだけ不安を覚えながらも、手渡されたハガキを受け取る。

そして、目にした瞬間、息が止まった。

な、なに、これは……⁉

お母さんの誕生日の一週間前、一ヶ月後の三月上旬。場所はシンガポール。

『男性年収三千万円以上限定の婚活パーティー』

『ハイスペックなダーリンとの出会いはここから』

『高級リゾートホテル『グランツ・ハピネス』の一夜～』

こ、婚活パーティー……⁉

魅力的かつ怪しげなワードが、案内状に並べられているではないか！

詳細に目を通したあと、ぷるぷると首を振って、みゆきの大きな胸にハガキを押しつけた。

「こ、こんなすごいパーティーに行くなんて、無理だよ……。無理！」

グランツ・ハピネスといえば、中には一泊一千万以上の部屋があるといわれているセレブ御用達のホテルだ。

場違いだし！　お金持ちって高圧的な男性しかいなそうだし！　一般人が対象みたいだけれど、私には参加費も高すぎるし！　無理！

「それに、一緒って……みゆきには陵介《りょうすけ》くんがいるじゃない」

彼女の左手の薬指に輝く婚約指輪に、ジロリと視線を送る。

「咲笑、安心して。これはグランツ・ハピネスのリニューアルオープンに合わせて、陵介の会社がやるイベントなの」

私の反応が予想通りだったのか、みゆきはクスクス笑いだす。

「へ……？」

一瞬にして肩の力が抜けた。

向坂《こうさか》陵介くんは、イベント会社の社長で、五年の交際を経てみゆきと結ばれた彼女の婚約者だ。

イケメンなのに優しくて、みゆきの友人である私にも気を配ってくれる、信頼できる人。

「そうだとしても、なんで婚活パーティーのサクラを私に……」

「あまり大きな声じゃ言えないけど……陵介と〝さくら〟をやることになっているの」

私にだけ聞こえるくらいの声量で、彼女はイベントについて教えてくれた。

「これは大道寺《だいどうじ》グループから依頼された、グランツのリニューアルオープンの宣伝イベントで、陵介の会社としても外せないのよ。だから、少しでも盛り上げるために、今回私たちが紛れることになったの」

経緯を聞いてホッとしつつも、今度は別のところに驚愕する。

――大道寺グループ⁉

大道寺グループは、高級ホテル『グランツ・ハピネス』をはじめとする世界各地でホテルやリゾーツ、そして不動産業を展開している国際的な大企業だ。

世界でも五本指に入るほどの売上高を誇るそこは、いわば、日本のホテル業界の王座にあるとも言えるだろう。

ホテル業界に詳しくない私でさえ、その名前はよーく知っている。

みゆきの話によると、陵介くんはグランツ・ハピネス事業のＣＥＯでもある大道寺グループの御曹司と昔からの友人らしい。そこで今回、イベントの依頼があったという。

男性側は陵介くんや大道寺さんの人脈で集め、女性側は参加者を広く募集し、厳正な審査の上運営側で決めるとか。いずれも日本人が対象とのこと。

参加者への配慮からメディアや雑誌記者は入れない。〝さくら〟を入れるのは、女性参加者たちにSNSでリニューアルしたホテルを宣伝してもらうためだそうだ。

いずれにしても徹底的にプライバシーが守られ、そして信用できる。非常に好感度の高い内容だった。

「――だから安全だし、メディアに取り上げられたり、世間に公開されたりする心配もないの。それも、相手はほとんどが陵介の知人だし。咲笑が新しい出会いを求めるならどうかな？　って思って、この話を持ってきたのよ」

参加男性たちの資産が桁違いなのは気になるが、信頼できる陵介くんやみゆきを介して出会えるなんて、願ってもない好条件だ。

そして、なによりこの状況。追い詰められた私に救いの手が差し伸べられたようにしか思えない。

「どう？　一緒に行かない？　おばさんに破局の報告をする前に、婚活パーティーで新しい相手を見つけられたら万々歳じゃない？」

さっきは、無理！　なんて言っちゃったけれど。魅力的な内容と的確な誘い文句。心の天秤《てんびん》は大きく揺れっぱなしだ。

人見知りの私が、そんなところに行くにはかなりの勇気がいる。けれども、自分の意志を無視してお見合い話を進められるのはもっと嫌だ。

「失恋の傷を癒すには、新しい恋が一番。咲笑のことを待っている運命の男性《ひと》、私はいると思うよ。もちろん費用は陵介持ちよ？」

なんてさらにたたみかけてくる。

運命の人なんて大げさすぎ……なんて思いつつも。

ふと、終業後に見た、トモキと後輩の寄り添う姿が頭をよぎる。ズキッと心が大きく痛んだ。

なによ、あんなに鼻の下伸ばしちゃって。私にはここしばらくあんな顔見せなかったくせに。

私も、好きになった人と幸せになりたいな。次はちゃんと、大切にしてくれる素敵な男性とお付き合いしたい……

グラグラ揺れていた天秤《てんびん》は、やがて参加するほうに大きく傾いて……

「……ありがとう。なら、行ってみようかな」

シンガポールで新しい恋を探すのも、悪くない……よね？

行動しなければなにもはじまらない。じっとしていても、未来は変わらない。

そう告げるとみゆきは「そうこなくっちゃ」と嬉しそうにグラスを寄せてくる。

カチン、景気のいい音が、新たな門出を祝福してくれた。

◇

――そして、一ヶ月後、三月初旬。

月末で退職した私は、どうにか有給をもぎ取ったみゆきとともに、シンガポールのセントラルエリアにある、ホテル『グランツ・ハピネス』にやってきた。

イベント参加のみのツアーのため、一泊三日という弾丸旅行になってしまったけれど、みゆきとの旅行は久々だ。目的を除けば、私は眠れないほど楽しみだった。

「……うわぁ、テレビで見ていた以上だ。まさか、本当にグランツに来られるなんて……。別世界だね」

「うんうん、セレブって感じ。圧倒されるわね」

ラグジュアリーホテルならではの格式の高いエレガントなロビーには、オープン前にもかかわらず人がちらほら見える。私たちみたいなイベント参加者や関係者だろうか。

入口のパンフレットによると、五十階建てのホテル内にハイブランドショップ、高級レストラン、リゾートプール。それだけでなく、高層階には新設された映画館や政府公認のカジノまであるらしい。

日本では考えられない、壮大なスケールに胸が躍《おど》る。海外旅行や出張は何度も経験したけれど、こんなにラグジュアリーなホテルは初めてだ。

「こんな豪華な旅行、本当にいいのかな」

「いいのよ。陵介も私も咲笑が来てくれて、本当に助かってるんだから」

夢心地で赤い絨毯《じゅうたん》を踏みしめる私を見て、お嬢様のみゆきは「まだ言ってるの」とからかう。一般人の私からすれば大事《おおごと》なのに。

結局のところ、陵介くんの厚意によって、旅費や参加費をすべておごってもらうことになった。さすがに高額なので、後日みゆきと三人で食事した席で費用を支払おうとしたのだけれど『これくらい気にしないでよ。咲笑ちゃんに参加してもらって助かってるんだ』なんて言って頑なに受け取ってくれなかった。

それどころか『新しい出会いを見つけておいで』なんて気遣ってくれたのだ。

陵介くんには本当に頭が上がらない。

新しい出会い……か。

ふと、退職の日まで一言も話すことのなかった、幸せそうなトモキの横顔が頭をよぎる。

過去が霞《かす》むくらいの、素敵な出会いがあるといいんだけれど——

◇

午後三時。早めにチェックインを済ませ、洗練されたホテリエに部屋まで案内してもらう。

あてがわれたツインルームは、シンガポールの美しい夜景を連想させる、シックなカラーを基調としたエレガントな客室だった。

「暑い！　暑いー！」なんて言いながら、空港でお揃いで購入した軽やかなワンピースに着替える私たち。同じ三月でも日本に比べてこっちはジメジメと蒸し暑い。

お城の一室みたいな客室に興奮したり、持ち寄った私服を見せ合ったり。そんなふうにきゃあきゃあしながら過ごしていると、三十分ほどしてインターホンが鳴った。

「みゆき、咲笑ちゃん、お疲れ様」

約束していた陵介くんだ。チャンギ国際空港に降り立ったときに、『ふたりに渡したいものがある』と連絡をくれていた。

彼は三つ揃いのスーツをきっちり着こなしていたが、目鼻立ちのはっきりした端整な顔には汗が浮かんでいる。

嬉しそうに駆けつけたみゆきが、絶景の見渡せる明るいリビングルームに彼を案内して、三人で大理石のテーブルを囲む。

「時間を取らせてごめんね。今夜のパーティーの受付は、もう俺のほうでさせてもらったから、これを渡しにきたんだ」

陵介くんは急いでいるのか、挨拶も早々にスーツのポケットからクリアのパスケースを取り出して、みゆきと私に手渡した。

なんだろう？

手に取って眺める。首から下げる形のそれには、少し前に自分たちで書いた簡単なプロフィールと、大きなナンバーカードが挟まれている。

――『7』だ。

「陵介くん、この番号は……？」

「その番号でグループ分けしてあるんだ。パーティーでは名刺のようなものだから、忘れずに持ってきてね」

「わかった」と答え、受け取った番号をぼんやり眺める。

なるほど、これでプライバシーが守られるってことか。番号を使えば、名前を読み上げる必要もない。それに、参加者を番号と紐付けることで運営側が管理しやすい。

陵介くんはそれだけ伝えると、「また今夜」と慌ただしく部屋を出て行こうとする。みゆきもサッと立ち上がり、見送りに行く。

今夜か……

やばい。ど、どうしよう。なんだか緊張してきた。

いざこうしてプロフィールカードを前にすると、現実味を帯びてきて、どうしようもなくばっくん、ばっくん心臓が早鐘を打つ。

私、大丈夫かな……

◇

「――咲笑、ガチガチよ？　大丈夫？」

――約三時間後。会場となるリゾートプールそばのラウンジへ向かう最中。クスクス笑いながら、黒のマーメイドドレス姿のみゆきが顔を覗き込んでくる。

「あぁ、うん……。なんか、す、すごく緊張してきた」

お相手が富豪ばかりだからか、今夜のパーティーは正装がマナーらしい。

陵介くんの去ったあとは、ホテル内のエステやショッピングを楽しんで、うちにあった中で一番お高い、シックなワインレッドのイブニングドレスに着替えた。

予約していたホテル内のスタイリストさんに、素っ気ないボブヘアを巻いてサイドに白の花飾りを乗せてもらって、素朴な顔には華やかなパーティーメイクを施してもらった。

『わぁ！　すっごくきれい！』

なんてはしゃいでごまかしていたけれども、会場が近づくにつれて足取りが重くなる。

「大丈夫よ。今まで国際事業部でいろんな国の人とやりとりしてきたんだから。自信持って」

「それは仕事だったし……」

国際事業部の仕事は、Ｔ＆Ｙの海外の顧客や支社とのやりとりが主だった。電話対応が多かったけれど、トラブル時には支社に出向くこともあった。だから語学と応対力については自信があるけれども……でも、今回は仕事ではない。みんな出会いを求めているわけで。それも相手は大富豪でしょ？　慣れてない相手と、なにを話せばいいかわからない。

私は外見通り、口下手なのだ……

「とにかく、ほとんどが陵介の知人だから安心して？　婚活パーティーとはいえ無理に話すことはないわ。私も近くにいるから大丈夫」

「うーん……」

自信なさげにうつむいた、その瞬間。

「……おばさんの持ってくるお見合い、したくないんでしょ？」

みゆきが丁寧ながらも鋭い声で一番痛いところを突いてくる。

そうだ！　と背筋を伸ばす私。

ここで頑張らないと、母が見合い話を持ってきてしまう。

みゆきに煽られるようにして、私は会場となるリゾートプールそばのラウンジへ足を踏み入れた。


開催二十分前の、午後五時四十分。受付で貴重品を預けて、カードを首からぶら下げてラウンジに入る。

十分前から開場している広いラウンジ内では、すでに多くの参加者が談笑していた。

高い天井。連なる大きなシャンデリア。ラウンジというより、ダンスホールといったほうが近いほどきらびやかな空間。

等間隔に設置された立食テーブルには、有名ブランドの食器に載せられた彩り豊かな料理が次々と並ぶ。

「思ったより人多いわねー。会場も華やか――……って、咲笑、大丈夫？」

「――えっ？　あ、うん」

いけない。想像を絶する規模と豪華さに圧倒され、口から魂が抜けかけていた。

上質なスーツに身を包む男性陣に、お姫様みたいに着飾った女性たち。

いくらプロの手で着飾ったとはいえ、私みたいな一般人の……それも野暮《やぼ》ったいのが紛れ込むのは良くないんじゃないの？　と思っちゃう。

明らかに場違いだってば！

この人たちと交流を持つことを想像すると、すぐにでも会場から逃げ出したい……

そう思いかけて、慌てて頭を振る。

――ダメダメ！　なんのためにここに来たの。

早くもくじけそうになる自らを叱咤しながら、みゆきとともにラウンジの奥へ突き進む。

そんなふうにして会場を一回りし、開始まであと十分ほどになった頃、ウェイターさんからシャンパンのおかわりを受け取る。そしてモデルのように颯爽《さっそう》と隣を歩いているはずのみゆきに、「はい」とグラスを差し出した。

――のだが、あれ……？

待っていても受け取った気配がないので、「みゆき？」と彼女がいるはずの方向へ視線を向ける。

しかし、つい先程まで会話をしていた彼女の姿はそこにはなかった。

ラウンジ内を見渡すと、数歩後方で立ち止まっている彼女を確認した。

みゆきは私の視線に気づかず、ある一点を見つめたままだ。

――あれは……

視線の先には、ついさっき会場入りした陵介くん。彼の周りには綺麗な女性が五、六人いる。

いつも自信に満ちた、魅力的な猫のような大きなみゆきの瞳にどんよりと影が落ちている。

彼女が今なにを考えているのか手に取るようにわかってしまう。

私の胸までズキンと痛んだ。

「みゆき……？」

咄嗟《とっさ》に声をかけてしまった。私の声で我に返った彼女は、すぐに笑顔を作る。

「あー、ごめん、もしかして声かけてた？　なんかぼーっとしてたみたいで」

陵介くんが、チラチラこっちにＳＯＳのサインを出しているような気がするけれども、みゆきは背を向けてしまう。

「やっぱり会場がグランツってだけでゴージャスよねぇ」なんて取り繕いながら私より前を歩き、無理矢理世間話をはじめた。

〝さくら〟である自分たちの立場を気にして無視しているのかな？　と思って、相槌《あいづち》を重ねていたけれど、たぶん違う。私を気遣っているんだ。無意識なのだろうけど、彼女の瞳はたまに陵介くんを追っているもの。

みゆきは昔からそうだ。自分こそ甘えたがりのくせに、『私に任せなさい！』と気弱な私のことを守ろうとする。

でも、こういうときくらいは、ちゃんと甘えてほしい。大好きな彼女が、陵介くんを大好きなことは、誰よりも知っているんだから。

「みゆき」

ペラペラと話を続ける彼女に、シャンパンをぐいっと押し付け、話をやめさせる。繊細なカットの入った見るからに高そうなグラスであることに気づき、ギョッとしそうになったが、努めてみゆきを強く見据えた。

「咲笑……？」

「みゆき、私は大丈夫だから、行っておいで」

「え？」

本当はものすごく心細いけれど、自分のぶんのシャンパンを傾けて、余裕さをアピールしてみせる。どのみち婚活パーティーがはじまれば、みゆきの後ろで縮こまっているわけにはいかないのだ。

「私は私で美味しい料理でも食べて楽しんでいるから。夜も陵介くんの部屋でごゆっくり……ふふっ」

元より、夜はひとりでナイトプールを楽しもうと思って水着を持ってきていた。仕事で忙しいふたりはなかなか会えないんだから、私に構わず仲良く過ごしてもらいたい。

「咲笑……」

「ほら、行っておいで。早くしないと、綺麗なお姉さんたちに取られちゃうよ？」

「でも……」と渋る彼女の背中を押して「ほら、早く！」と煽る。

何度かそれを繰り返すと、やがて苦笑いしたみゆきは「ありがとう」と遠慮がちに陵介くんのもとに向かった。

……うん、良かった。大好きなふたりには、笑顔でいてもらいたいもんね。安堵してみゆきの背中を見送る。

「——優しいんだね」

そのとき、艶のある低い声に話しかけられた。

ハッとして顔を上げる。

——だれ……？

柔らかそうなダークブラウンのマッシュヘア、大きなアーモンドアイにキリッとした眉。そして、スッと通った鼻筋。女性と見間違うほど綺麗な顔立ちだ。

身長は百八十をゆうに超えているだろうか。光沢のある上質なネイビーのストライプのスーツに、シルバーのアスコットタイ。トモキよりも遥かに大きく、女性の平均身長程度の私を見下ろすほどの高身長だ。

無意識にポーッと見惚《みと》れる。

「——いきなり失礼。陵介には世話になっていてね。偶然にも君の心遣いを目にして、声をかけずにはいられなかったんだ」

会話をはじめたみゆきたちに視線を配り、我に返った私を見て、ニコリと上品な笑みを浮かべる。

まるで、スクリーンから出てきた王子様のような人だ。

「さっきから助けてほしそうな顔でこっちを見ていたから、きっと喜ぶと思うよ」

優しげな声色。どうやら彼も陵介くんと親しいらしい。緊張しつつも少しだけ警戒心が解ける。

「……お知り合い、なんですね。ふたりにはいつもお世話になっているので、喜んでくれるなら良かったです」

「とても友達思いなんだね」

優しげに細められた色素の薄い瞳に見つめられ、全身が甘く震える。

ここにいるということは、おそらく経営者や大企業役員なのだろう。しかし、振る舞いにも口調にも品があって、周囲より頭一つ抜け出ているよう。

甘いマスクのせいだろうか。

トクン、トクンと鼓動が自然と高鳴る。

「――あのぉ、すみません～！」

そのとき。ポーッとしている私の前に、数名の女性がきゃあきゃあ言いながら体を滑らせ、会話に加わってきた。

その瞬間、我に返る。

そっか、こんな素敵な男性を放っておく人はいないよね。

もう少し話をしたい気もしたけれど。私は赤く染まった顔を隠すように頭を下げて、その場をあとにする。

彼がこちらを見ていたことも知らずに。

◇

——約三十分後。

ラウンジを出てすぐの、中庭に隣接するリゾートプール。誰もいないプールサイドに伸びるデッキの隅っこに腰を下ろした私は、ライトアップされた揺らめく水面を眺めていた。

無人のプールサイドは、まるでパーティー会場とは別世界のように静かだ。

——結局、あれから会場の熱気に圧倒されて、三十分もしないうちにコソコソ出てきてしまった。

せっかくみゆきと陵介くんが連れてきてくれたのに。

はぁ……と特大のため息をこぼしながら、膝を抱え直す。

どうにかここで探さないと、帰国後母にロックオンされるのがわかっているのに、なんでうまくできないんだろう。

こんな引く手数多《あまた》な男性たちの中から探そうなんていうのが、甘い考えなのかなぁ。

深いため息が止まらない。

胸に顎がくっつくほどの勢いでうなだれていると、トモキの言葉が脳裏をよぎる。

『咲笑って大人しいよなぁ。オレ、明るい子のほうが好きなんだけど』

そう言われたのは、付き合ってすぐの頃だっけ。

引っ込み思案で、思ったことをあまり口にできない私。そんな自分が好きなわけではないけれども、性格というものはなかなか直せないものだ。

それすらも理解して付き合ってくれたのかと思ったけれど、きっと彼は違ったのだろう。

だからあの頃、ちょっとでも変われたら、と思って髪を切ってカラーリングをしてみたり、メイクをみゆきに教えてもらったりした。

でも、明るくなったのは外見だけで、中身は引っ込み思案で気弱なままだ。

こんなんだもん、明るくて輪の中心にいるようなトモキとなんて合うわけがないよね。こうなるのは当たり前のことだったのかもしれない。

はぁ……

――ってダメダメ。トモキのこと考えて、どうするの！　次の恋に行くために、ここまできたのに！

次は、私のことを大切にしてくれる人とお付き合いして、幸せになるんだから。

優しくて、穏やかで、紳士的で……

そう心でつぶやいた瞬間、ふとさっき会場でやりとりをした、綺麗な男性がぼんやり脳裏に浮かぶ。

誠実そうで、まさに理想通りの人だった。言葉を交わしたのは一瞬だったのに、あの優しげな笑顔が瞼《まぶた》の裏に焼き付いて離れない。

あんな素敵な男性と結ばれたら、これ以上のことはないだろうな……

――まぁ、婚活パーティーから逃げてきた私に、そんな都合のいい話があるわけないよね。

そうやって、何度目かのため息をこぼした、そのとき。

「――ここにいたんだ」

静かなリゾートプールに響いた声に、ひえっ！　と私は飛び上がった。

声のほうに顔を向けると、なんと、今まさに思い浮かべていた人物が立っていた。柔らかそうな髪を揺らし、ヒラヒラと手を振りながらこちらに駆け寄ってくるではないか。

「——え」

混乱のあまり、短く声が漏れる。

「あぁ、良かった、部屋に戻っていたらどうしようかと」

だけど彼は、そんな私に構わず、安堵した様子で片膝をついて側に腰をおろす。

どうして私を捜しているのか理解できず、王子様のように美麗な彼をポーッと見上げた。

しかし、見惚《みと》れている場合ではない！　すぐに頭を切り替え慌てて口を開く。

「わ、私……ですか？」

「そうだよ。君、７のナンバーカードを持ってないか？」

そう言いながら、彼は首に下げていたパスケースを、スーツの胸ポケットから覗かせて私に尋ねる。大きく書かれている数字は『７』だ。

つられて私のほうも理解できないまま、首に下げていたパスケースを見せる。

「はい、そうですが……」

まるで、病院の待ち合い室のような、おかしなやり取り。しかし、彼は安堵したようにスーツの胸ポケットにケースをしまい、ニコリと微笑む。

「——やっぱり。今、イベントミッションがはじまって、まずは同じナンバーの人とファーストコンタクトを取ってくれという指示があったんだ。俺にだけパートナーが現れなくてね。さっき、君が外へ出ていくのが見えたから、もしかしたらと思って……」

まさか見られていたなんて。彼みたいに素敵な人なら、相手なんて選り取り見取りだろうに……。

わざわざ私のことを捜してくれたんだ。とても真面目な人らしい。胸が甘く痛みだす。

「すみません……なんだかひとりでいたら場違いな気がしてしまって……圧倒されたというか」

正直に謝罪すると、彼は「謝らないで」と微笑み、少しだけ距離を置いて隣に腰を下ろす。

「君と話したいなと思って来たのであって、咎《とが》めるつもりなんてさらさらない」

その言葉に図らずも彼を見上げる。ぱちりと目が合うと、彼は優しげにふんわりと微笑む。トクトクと心臓が早鐘を打つ。

どういうこと？　〝話したいな〟って……つまり私に会いに来たってこと？

「――名前、教えてくれる？」

彼は本当に会場に戻るつもりはないようで、当たり前のように尋ねてきた。

「え？　さえ……です。小道、咲笑」

ドキドキしながらも、自然なやり取りに言葉が引き出されてしまう。とても不思議な人だ。

もしかして、さっき言っていた、会場で行う予定の〝ファーストなんたら〟をここで行おうとしているんだろうか？

「さえ、か。――なら〝さえ〟、今日はどうしてこのパーティーに？」

わっ。いきなり呼び捨てされてしまった。

ドギマギしつつも優しげな声に促されるように、また素直に質問の答えを考える。

やっぱりここで、〝ファーストなんたら〟をしようとしてるらしい。

「えっと……今日は、みゆきが……い、いえ友人が、恋人と別れた私を励まそうとして――」

つい、そこまで言って、ハッと口を押さえる。

失恋したから婚活しているだなんて伝えたら非常識だろうか。失礼だと怒られるかもしれない。

しかし、私の心配とは裏腹に、隣からはクスクスと笑い声が聞こえてきた。

「気にしなくていい。ありのままに話してほしい。俺は、君のことが知りたいと思って質問してるから」

さっきも見せてくれたふんわりとした笑顔に、また見惚《みと》れる。

私のことが知りたい……？　夢みたいなセリフだ。どうしよう、胸が高鳴る。

「歳はいくつなの？」

「に、……二十五です」

「なら、俺の六つ下だね。俺は三十一。ちなみに名前は、『優しい』って書いて『すぐる』」

――すぐるさん。

物腰が柔らかくて自然体。だけどちゃんと私の求める距離感を保ってくれる。とても魅力的な男性。初対面なのにこんなに気兼ねせずに会話ができるのは初めてだ。

その後も色んな質問をされた。職業だとか。趣味だとか。もちろん彼の職業も教えてくれた。

洗練された風貌からなんとなく察していたが、彼は企業経営者らしい。

お父様が大きな会社の代表で、現在動かしているのは自分と弟さんだと教えてくれた。私も事情により、退職し求職中であると告げた。

肩書きや人柄はもちろん、こんなに眉目秀麗《びもくしゅうれい》だなんて……。何度も彼の整った顔をチラチラ覗き見てしまった。

「――でも、……なんで恋人と別れたの？」

そんなふうにしていくつもの質問を重ね、私の肩の力が抜けた頃。さり気なく、けれども心底不思議だとでも言いたげに、そんな質問が投げられた。

反射的に端整な顔を見上げる。視線が絡まると、彼の表情がかすかに揺れたような気がした。

「不躾《ぶしつけ》な質問をして申し訳ない。こんなに素直でいい子なのに、なんでだろうと考えてしまってね。

さっきも、なんだか思い詰めたような顔をしていたし……」

会場でもそうだったが、彼はとても人のことを見ているらしい。

「良かったら、聞かせてくれないかな？」

褒め上手な彼の、ひどく優しい声に心が綻《ほころ》んでいった。

ぽつりぽつりと、トモキとの別れからこのパーティーの参加に至るまでを掻い摘んで話す。

本当だったら、知り合って間もない男性に身の上話をするなんて考えられない。

けれども。この日限りだと思って気が緩んだのか。はたまた、彼にほだされたのか。

話していくうちに、心優しい彼に縋《すが》りつきたくなった。

ずっと静かに耳を傾けてくれたすぐるさんは、話し終えると労《いたわ》るようにポンと私の頭に触れた。

温かくて大きな手だ。

「つまり……同僚の恋人と別れた上に、ご家族に無理矢理縁談を勧められそうなわけか。職場も辞めてしまったと」

「はい。だからその前に自分の意志で相手を見つけたいと思ったんですが……さっきも言ったように咄嗟《とっさ》に会場を出てきちゃって」

「人が多いから圧倒されたんだな。俺も人前はあまりの得意ではないからわかるよ」

さり気ない心遣いにじわりと目の奥が熱くなる。やっぱり彼は第一印象で感じた通り、理想通りの素敵な男性だ。

そんな人にこうして長話を聞いてもらえるだなんて……

これは、神様が与えてくれた、独身最後の甘いひとときなのかもしれない。

……とはいえ、彼の優しさにいつまでも甘えているわけにはいかない。長く引き止めるのは、可哀想だ。

「いろいろ愚痴《ぐち》ってしまい、すみません。幸せになりたいだけなのに、なんだか難しいものですね」

少しだけ惜しみながらも、話を終わらせようとしたその瞬間、膝の上に置いていた手に、大きな手が重なった。

え……？　予想外のことに息が止まる。

「──なら、ちょっとだけ俺に付き合わない？」

すぐるさんの切れ長のアーモンドアイが魅力的なカーブを描く。

「え？」

どう、いうこと？

「抜け出そう、ふたりで」

「ぬ、抜け出す？　わぁ、ちょ、ちょっと……」

指を絡められて、手をぐいっと引かれた。

彼はおとぎ話の王子様のように優雅に微笑み、リゾートプールから私を連れ出したのだった。

第二章　花火とプロポーズと利害一致婚と

「あの、すぐるさん、どこに行くんですか？」

「さぁ、どこだろうね」

手を引かれたまま、館内のエレベーターに乗る。その仕草はとてもスマートなものの、ラウンジではまだ婚活パーティーの最中だ。

「会場に戻ったほうがいいのでは？」と何度も声をかけたが「せっかく来てくれたんだから楽しんでもらいたい」と、よくわからない誘い文句で制されてしまった。

つい一ヶ月前は、初めての失恋に涙していたのに、なぜか今は見目麗しい素敵な男性に誘われて、パーティーからコッソリ抜け出している。

後ろめたさを感じつつも、なんだか夢を見ているみたいで高揚してしまう。

やがてエレベーターの上昇感が止み、扉が開く。そうして目の前に広がった光景に、思わず「うわぁっ」と声を上げてしまった。

ドーム型の大きなフロアに見えたのは、豪華なシャンデリア。スロットマシーン、ルーレット。まるで映画の世界に入り込んだような興奮と、テーマパークのような豪華絢爛さがビリビリ肌に伝わってきた。

カジノだ！　初めて見た……！

オープン前なのに、ドレスアップしたハリウッドスターのような人たちが各コーナーを楽しんでいる姿が見える。もしかしたら、特別な宿泊者にのみ開放しているのだろうか。

唖然《あぜん》としていると、ホテリエの男性が廊下の先からこちらに近づいて来るのが見えた。

やけに慌てた様子だ。

男性が頭を下げて口を開く前に、すぐるさんは制するように、スッと右手を上げる。

「──奥の個室、空いていますか？」

男性は背筋を伸ばし畏《かしこ》まった様子で、深々と頭を下げる。

「……すぐに、ご案内いたします」

私たちはすぐに、フロアの一番奥にある特別な一室へと通された。


「わぁ、すごい綺麗……」

通された個室で、私は歓喜の声を上げてしまった。

ピカピカに磨かれたガラス窓の向こうでは、シンガポールの夜を最も彩るとも言われる、光と水の織りなす野外ショーが繰り広げられている。

「カジノじゃなくて、ホッとした？」

百八十度どこを見ても広がる幻想的な光景に目をキラキラさせていると、隣に並んだすぐるさんがカクテルグラスを差し出しながら、クスクス笑う。

エレベーターを出たときの、驚いたマヌケ顔を見られていたらしい。ボンッと頬に熱が集まる。

「すみません……その、嫌なわけじゃないんです。あまりにもきらびやかで圧倒されちゃって」

言葉を選びながら正直に伝えていると、すぐるさんはいたずらが成功した子供みたいな、可愛い顔をする。

「驚かせて申し訳ない。一週間前からカジノフロアだけ先行でオープンしてるんだ。普段はここもカジノのＶＩＰルームとして使用しているんだが。ショーが一番綺麗に見えるからさ」

促され背後を見ると、ゲームテーブルやルーレット、革張りの大きなソファが存在感を放っている。

言う通りカジノの上客の部屋のようだ。

「ここによく来られるんですか？」

「まぁ……そうだな。ギャンブルはやらないんだが」

「――え？」

――やらないのに？

「ほら、そろそろ一番いいところだから、目をそらさないほうがいい」

すぐるさんが私の肩に触れて、外を見るように促す。

なんだかはぐらかされたような気がしたものの、感じる体温と、耳に触れる吐息に一気に意識が集中する。

「もうすぐだから、見ててね」なんてさらに後ろから低く囁《ささや》かれてしまって。ばっくん、ばっくん心臓が暴れまくる。

だめ、近すぎる。こんなのドキドキして耐えられない。

そう思った数秒後、「ヒュー」という甲高い音がして意識が流れた。

そして次の瞬間、ドドドとお腹の奥底に響く音とともに、次々と、ガラスの向こう側で花火が上がりはじめる。

「花火！　こんなに近くで!?」

「綺麗だな……。これが本日のこのショーの一番の見どころ。リニューアルを記念して、花火は今日から打ち上げられるらしいよ」

「こんなに近くから花火を見たのは初めてです！　光も重なって、なんだか花火の中にいるみたい！」

「花火は好きなんだ？」

「はい！　とっても好きです！」

その瞬間、照明を落とした静かな部屋に静寂が訪れる。

――とっても好きです！　という声が部屋の中で反響した途端、すぐるさんが隣で、ふふっと息を漏らした。

は、恥ずかしすぎる。なんだか告白してるみたいじゃない。

「……すみません。さっきからはしゃいで、興奮しすぎですよね……」

なんだか恥ずかしくなって謝るものの、彼はゆるゆると首を横に振る。

「そんなことない。君に喜んでもらいたいと思っていたから、可愛い笑顔が見られて嬉しいよ。元気が出てきたようで、良かった」

ドキリッと胸が大きく音を立てた。笑顔のすぐるさんと視線が重なる。

可愛いって……

もしかして、励ますためにここまで連れてきてくれたの？

心の中で問いかけながら、再び花火に向けられた中性的な横顔をそっと見つめる。

初対面なのに根気強く愚痴《ぐち》を聞いてくれて、元気づけようと、温かい手でここまで優しく導いてくれたすぐるさん。

たまたま同じ『7』番を持っていただけの私に、夢のようなひとときを与えてくれた。

シンガポールの美しい夜景と、王子様のような素敵な男性。こんな輝かしい夜は、もう二度と訪れないだろう……

ふと、帰国後のことを思い出す。

お見合い……したくないな。

鮮やかに色づいた心が、黒の絵の具で塗りつぶされるような悲しい気分になる。

このまま時間が止まってしまえばいいのに。

そうこうしているうちに、花火は一層盛り上がりを見せる。もう、フィナーレの時間だ。

ちらりと腕時計に視線を落とす。時刻は午後九時を指そうとしていた。

そろそろ婚活パーティーも、ショーもお開きの時間。

そして、私たちも……サヨナラの時間だ。

痛む胸の内を見ないようにしながら、慌ててバッグの中のスマートフォンを探る。

みゆきにそろそろ連絡を入れなきゃ。

急にいなくなって心配しているであろうみゆきに、『リゾートプールに行く』とのメッセージを送る。

嘘にならないように、このあと行けばいいよね……

「――さえ」

スマートフォンをバッグにしまったとき、声が掛かる。顔を上げると、すぐるさんがなんとも言い表せない表情でこちらを見下ろしていた。

ショーはいつの間にか終わりを迎え、窓の外にはビル群が彩る人工的な夜景が広がっている。

「――はい」

胸がギュッと締め付けられて痛い。

すぐるさんの顔を見ていられずにうつむいたその瞬間、彼は私の肩に両手を置き、正面から向かい合うような形で視線を合わせてきた。

「君の結婚相手、俺ではだめかな？」

「え……？」

唐突すぎて、理解するまでに時間がかかった。

するとすぐるさんは私の手を取り、優しく握り直すと、今度はゆっくり口にする。

「俺も今、結婚相手を探している。だから、さえ。君さえ良ければ、俺と結婚して欲しい」

こ、これは現実だろうか？

もちろん婚活パーティーに参加していたんだから、おかしくはない。ないんだけれど……。すぐるさんみたいに、誰もが憧れるような人からプロポーズされるなんて……

信じられない一方、トクトクと胸が甘く高鳴りはじめる。

そして彼は、スーツの胸ポケットからイベント用のパスケースを取り出して、私の手の上にそっと乗せた。

「黙っていて、申し訳ないが――」と添えて。

なんで謝るのだろう。言葉の深い意味を考える間もなく、挿入されていた名刺に視線を落とした瞬間、息が止まった。

【大道寺グループ　リゾート＆ハウジングホールディングス　取締役副社長兼ホテル事業ＣＥＯ】

【大道寺優《すぐる》】

大道寺……？　嘘でしょう⁉

舞い上がりかけていた気持ちが、一気に冷静さを取り戻していく。

◇

「……名乗るのが遅れてしまってごめんね。プライベートで名乗ると驚かれることが多くてね。せっかく打ち解けた君が身構えてしまいそうな気がして、ためらってしまったんだ」

「――」

申し訳なさそうな姿に思わずキュンとしたけれども、『そんなことありません』とは言えなかった。

ショーが終わったこともあり、VIPルームの一角にあるリラックススペースへ移動して、彼が手配してくれた軽食を挟んで向かい合う私たち。

まさか、すぐるさんが、このグランツ・ハピネスのCEO……

それどころか大道寺グループの副社長だなんて……

経営者とは聞いていたけれども、規格外の大物だったので驚かずにはいられない。

でも、確かに言われてみればいくつか思い当たる節がある。

ホテリエさんへの対応も。ギャンブルをやらないのにカジノに出入りしていることも。

今日からはじまる花火ショーに詳しいことも……

確かに納得することばかりだが、今はそんなことを思い出している場合ではない。

「なぜ、私と結婚をしようなんて……？」

そんな引く手数多《あまた》の御曹司が、私みたいな冴えない一般人にいきなりプロポーズだなんて。いくら婚活パーティーの参加者とはいえ、なにかの間違いじゃないだろうか？

おそるおそる問いかけると、彼は先ほど手配したワインを何度か傾けたあと、ゆっくりと話をはじめる。

「君は、うちのグランツ・ハピネスが百周年になることを知ってるかな？」

突然話題が変わり首を傾げつつも、とりあえず彼の目を見てこくんと頷く。

「はい、それは、もちろんです」

今年で彼のホテル、『グランツ・ハピネス』が創業百周年を迎えることは、テレビや雑誌などでも騒がれている。

記念パーティーをはじめ、無料ご招待やら記念イベントやらが行われるとか書いてあったっけ。

「その創業パーティーが二ヶ月後に行われるんだけど、それまでにどうにか相手を見つけるようにと、厳命されていてね」

ため息混じりの口ぶりから、彼がなにを言いたいのかを察した。

つまり――

「ご両親からですか……」

「あぁ」

頷いて、彼は続ける。

「創業パーティーはＣＥＯ就任以来のビッグイベントで、メディアに取り上げられることが予想される。だから、両親が『この年になっても未婚の跡継ぎなんて恥ずかしい』と山積みの釣書から早急に相手を選ぶように催促をしてくるんだ。だが……俺は、身内が介入する煩《わずら》わしい結婚はしたくなくてね……ずっと逃げてきたんだが、そうはいかなくなってしまった」

相槌《あいづち》を打ちながら、記憶を遡《さかのぼ》る。

私の記憶だと、グランツ・ハピネスグループのCEOが代がわりしたのは三年前。

当時の大道寺グループの社長――つまりすぐるさんのお父様が、ホテル事業を優秀な息子さんに一任することにしたという決断が話題になっていた。その時の報道では、顔写真などは出ていなかったから、すぐるさんのことはわからなかったけれども。

グループ経営の要ともなるホテル事業を任されるということは、事実上のトップのようなもの。

そんな彼に舞い込む縁談のお相手なんて、とんでもない大企業のご令嬢だろう。それを簡単に袖にする彼の決断力に、驚かざるをえない。

「――そんな経緯があって、陵介が企画してくれたこのイベントに参加してみたわけだ。あまりこういうのは、得意ではないんだがね……。でも、そうしたら、君と出会えた」

「えっ……」

急に話の矛先が私に向けられて、ぴょこん！　と背筋が伸びる。

そう話を締めくくると、アーモンドアイをキラキラ輝かせ、意味ありげな眼差しでじっとこちらを捉える、すぐるさん。

まるで恋人にでも向けるかのような、とろけるような甘い眼差し。無意識に胸が騒ぎ出す。

「ちょ、ちょっと待ってください……」

心の準備ができていないっ！

放置していたアイスティーをごくごく飲んで、心を落ち着かせる。いや、ちっとも落ち着かないけど、ひんやりした体が幾分か冷静にさせてくれた。

「なぜ、私なのでしょう……？　会場には私なんかよりも、沢山の綺麗な女性がいましたよね……？」

今の説明からは私である必要を感じない。縁談を逃れたいのであって、相手は誰でもいいと。だから、そんなふうに見つめられると勘違いしてしまいそうになる。

気後れしながらどうにか口にすると、すぐるさんは大きなため息をついた。

「〝なんか〟？　君は本当に、自分のことがわかっていないんだな」

「えっ」

どういうこと……？

「素朴で純真な飾らない姿。友人を思いやる優しい心。そして、話してみるととても素直。魅力的じゃないか？　ひと目見たときから惹かれていたよ」

ストレートな口説き文句に、一度鎮火したはずの胸の奥がカーッと熱くなっていく。

「さ、最初からなんて、そんなわけ……」

「──ある、じゃなきゃ……後を追わないよ」

実際、プールサイドまで追いかけてきてくれたすぐるさんを思い返し、『ない』とは言えなくなった。

「……もちろん、理由はそれだけではないが。でも一番の理由は、そんな君との時間をこれきりにしたくないと思ったことだ。誰かと結婚しなければならないのなら、君がいい。そんな君が、どうしても交際相手を必要としていたんだ――」

すぐるさんが、柔らかな笑みを浮かべながらこちらにやってきた。そして隣に座り、そっと手を包むように重ねてくる。

「――俺には運命としか思えないんだが？」

「すぐるさん……」

どうしよう。卑屈になっていたはずなのに。胸の高鳴りがとまらない。

それでもって……否応なしに思い知らされる。

すぐるさんに惹かれているって。

出会ったばかりだけれど。包み込むような優しさを持つこの人に、どうしようもなく恋をしている。

グラグラと判断が揺さぶられる。

「君のご両親が連れてくる男よりも条件がいい自信はある。誰よりも君を幸せにする自信もある。……帰国して他の男と見合いをするくらいなら、〝利害が一致〟する俺を選んでみないか？」

真摯なプロポーズを前に心がふるりと熱をもったのも束の間、思いもよらないワードが聞こえて、目をパチクリとさせる。

「利害の一致……？」

なんだか不穏な言葉。しかし、すぐるさんは不安を打ち消すように柔らかく微笑むと、重ねていた手をキュッと握ってくれた。

「君はどの道誰かと見合いをしなければならない。であれば、幸せになりたい君と、君を幸せにしたい俺。そんな俺に、賭けて見るのもありだと思うが？」

『幸せになりたいだけなのに……』

プールサイドでこぼした情けない弱音。

すぐるさんは、聞き漏らさずに拾い上げてくれていた。初対面の女の、訳のわからない身の上話。

普通なら面倒だって思うはずなのに。

「もちろん、ふたりとも結婚を急いでいるというのも利害一致にはなる。でも君は幸せになりたいんだろう？　なら俺はそこに付け込む。君の愛していた男ではないが、俺はその願いを叶えたいと思う」

すぐるさん……

ついに心の壁が打ち砕かれた私の目から、ポロポロと涙がこぼれはじめた。

想像を上回る彼の大きな心に、手も足も出ない。

こんなに素敵な人が私を求めてくれるの？

「——さえ」

するん、とすぐるさんの長い指先が頬を撫でて、流れる涙を幾度も拭う。ぐしゃぐしゃの顔を上げると、ソファの背に肘を置いた彼が上半身を寄せて優しげな眼差しでこちらを見下ろしていた。

「返事、聞かせてくれる？　——俺と利害一致婚してくれませんか？」

スーッと通った鼻筋に、大きな目を縁取る長い睫毛《まつげ》。まるで女神様みたいに綺麗な人。

おまけに内面も非の打ち所がなく、肩書もバッチリ。誰もが放っておかないだろう。あのきらびやかな会場には、魅力的な女性が沢山いたのに。なのに、地味な外見で、性格も明るいとはいえない私にプロポーズをするなんて。

本当に私でいいの？

鼻をズビズビすすりながら、整った綺麗な顔を見つめる。

「後悔しませんか……？　私、一般人だし可愛くもないし、人前も苦手ですよ？　たとえ利害が一致したからって結婚しても、数ヶ月後はどう思うのか……」

トモキはそうだった。どんどん心が遠のいて、言葉だけが上滑りしていくのがわかって苦しかった。

すぐるさんとそうなるのは、絶対に嫌だ。だったら今のうちに突き放して欲しい。

しかし、彼はふわりと笑うだけで、余裕そうな態度を崩さない。

「そんなことないさ。さえは、誰よりも綺麗だよ。なにも心配はいらない、俺だけを見ればいい」

——俺だけを。

すぐるさんはそう言い聞かせながら、指の背で涙の跡を拭い、形を確かめるように頬のラインを撫で、それから私の短い髪を耳の後ろへと流していく。

その仕草は、まるで魔法のように思えた。

中毒性が強く、一度覚えたら二度と忘れられなくなるような、優しさに満ちあふれた魅惑的な魔法。

きっと彼と出会う前の自分には、もう戻れない。そう理解していても、不思議と私の中に迷いはこれっぽっちもなかった。

出会ったばかりで、彼が本当に私に好意を抱いているとは考えにくい。

きっと、たまたま同じナンバーカードを持っていることで、愚痴《ぐち》を聞いてみたら、同じ悩みを抱えていた。

きっかけは、それだけだと思う。

その後どういう感情の経路で、彼がプロポーズまで至ったのかはわからない。

それでも、夢を見てもいいだろうか？

どこの誰かもわからない人とお見合いさせられるくらいなら、すぐるさんと一緒にいたい。

たとえそれが、利害一致婚でも、彼の気持ちがまだヴェールに包まれていようとも。

頬にある彼の手にそっと自らの手を重ねる。

「……ありがとうございます、お受けします」

告げた途端、その手がぐいっと引っ張られて、一瞬にして視界が真っ暗になった。

「あ……」

一瞬自分の身になにが起きているのかわからなかった。

抱きしめられていることに気づいたのは、先ほどから隣から感じていた、淡いシトラスの香りに優しく包まれたからだ。

「あぁ、良かった、ありがとう……！」

すぐるさんの腕が感極まったように背中に回り込み、ギューギューとシャツに頬を押し付けられる。

ちょっとビックリしたけれども、喜びのほうが断然大きかった。こんなに喜んでもらえるなんて。私もとても嬉しい。

すぐるさんの温かくて硬い胸板に包まれうっとりする。

「――顔見せて」

腕の力が緩んで顔を上げると、すぐるさんが愛おしむように私を見つめ、手のひらで頬を包むように触れる。

走り出す甘い予感。心臓がバクバクと暴れ出す。

「キスしてもいい？」

想像通りなのに、声が出なくなる。

だめなわけがない。でもちょっぴり後ろめたい気持ちがあるのも確かだ。出会ったばかりの王子様のような人と、こんな形で縁を結んでしまうという身の程知らずのイケナイ自分に。

恥ずかしくてだんまりを決め込んでいると、すぐるさんはふふっと口元を綻《ほころ》ばせ、唇の上をゆっくり親指で左右になぞる。誘うように。

「ごめん、正直言えばキスだけで終わらせるつもりはないけど」

それって……

「――俺は、君の全部が欲しいから」

その瞬間すぐるさんは艶やかに微笑み、了承を得ないまま私のうなじを引き寄せ、そのまま深く唇を重ねてきた。

「んんっ」と漏れる甘い吐息。ためらいなく舌がねじ込まれて、言葉どおり『ホシイ』キスを何度も何度も施される。

彼と交わすはじめてのキス。しだいに誘い出されるように自ら求め、流れ込んでくるワインの香りにクラクラ陶酔していく。

舌が絡みあい、奏でられる淫靡《いんび》な音に、体の芯がゾクゾクと疼《うず》く。

「――さえ……」

やがて――、私の脱力した体は、いつの間にかポフンッとソファに押し倒されていた。

濡れたように輝くすぐるさんのアーモンドアイが、真上にやってきて私をじっと見下ろす。ガラリと雰囲気を変えた、色気の滲《にじ》む雄の顔だ。

「……キスだけでそんな可愛い顔をするのか……。他の男しか知らないなんて耐えられないな。今すぐ上書きしたい」

予告通りの甘いおねだりに、胸の奥がキュンと甘く切なく締め付けられる。

そんなの……私も、すぐるさんに触れられたいに決まっている。彼のすべてで、心も身体も塗り替えて欲しい。

視線で了承を伝えると、彼はフッと微笑み、急いたように私の手をとり優しく抱き寄せた。

「――おいで」

そのままVIPルームを後にして、すぐるさんの導きによって乗り込んだエレベーターは、最上階へと到達した。

このホテルに限られた数しかない最高級の客室。驚く間もなく私は、部屋の中へと引き込まれていた。


「……やっと、俺のものにできる」

そして、スイートルームにロックがかかった瞬間、一気に柔らかそうな前髪が近づき、またたく間に深く唇が奪われた。

すぐるさんは、まるで待ち詫びたような言いかたで、移動した大きなベッドに組み敷くと、甘やかなキスで口内を侵しながら性急に私の衣類をくつろげ乱していく。

「ん……っ、待って、シャワー……」

「待てない。今すぐさえが欲しい……。一度君を味わってからだ――」

指が絡まり、身体のあらゆるところに貪欲に口付けられる。耳に首筋、それから鎖骨を伝って服の上から胸元に。

「……ん」

ゾクゾクする……。すぐるさんの唇すごく熱い……

思わずピクリとのけぞると、流れるような仕草で背中のファスナーを降ろされ、ワンピースが肩から引きずり降ろされる。

そのまま露わになっていく箇所を追うようにして、さらに唇が素肌の上を這《は》う。

「さえの肌は、白くて綺麗だな……跡をつけたくなるよ」

うっとりした声とともに、パチンとブラジャーが緩んで、こぼれた胸を大きな手が拾う。

すぐるさんは、優しく揉みしだきながら、先端に唇を寄せた。舌先がクチュクチュと擦り、もう一方の先端を指先できゅっとつまみあげる。

「ひゃっ……ぁん」

「可愛い声……たまんない」

嬉しそうに濡れた目を細め、先端への愛撫をしながら、腕に引っかかっていたブラジャーを落とし、すり合わせていた足からするするとショーツを引きずりおろしてしまう。

そして、素裸になった私を熱っぽく見おろしながら、すぐるさんも、シャツやズボンをワンピースの上に落としボクサーパンツ一枚となった。

整った顔から続く、ギリシャ神話から抜け出してきたような均整のとれた体。

下着を盛り上げる欲棒さえも、一枚の絵画のようでとっても綺麗……

思わず息をのむ。

「綺麗……」

手を、伸ばしてしまいそう……

「なに言っているんだ……綺麗なのはさえだよ」

「そんなこと……」

「あまりにも綺麗だから、もう、こんなに硬くなっているんだよ……」

すぐるさんが私の手を取り、自らの下半身へ導いた。

「あっ……」

指先に触れるソレに、ハッと息を飲む。

誰をも魅了する素敵な彼が……私と繋がりたくてこんなに体を硬くしている。

その現実に、まだ触れられてもいない体の奥がふるりと熱くなって……足の間が潤《うる》むのを感じた。

そんな私にクスッと笑ったすぐるさんは、再び覆いかぶさってきて、熱くて燃えるようなソレを私に擦りつける。

唇や舌で、胸の下、くびれ、おへそへと。吸い上げたり、ペロリとなぞったりしながら、甘い砂糖菓子でも頬張るかのように、私の情慾を煽っていく。

「俺がこんなに夢中なんだ。君はとても魅力的で、ほんとうに……食べたくなるくらい可愛いよ……」

「あ……やぁっ……んっ……」

頭のなかが痺《しび》れて、もう否定する余裕がない。なにも考えられなくなってきた。

「どこもかしこも柔らかくて、いい匂いで……すぐに食べるのがもったいないくらい」

そのまま、熱い唇がおへそからさらに下へと降りて行って——なんの前触れもなく、力の抜けた足が大きく左右に開かれる。

「ひゃっ」

突然、体の一番恥ずかしい部分を暴かれて、大きな声が出た。

濡れたアーモンドアイが、すでに熱くて潤《うる》っているソコをじっと見つめている。

やだ……暗いとはいえ、恥ずかしい。

「すぐるさんっ……だめっ」

「こーら……閉じないで……もう欲しくてあふれてる」

恥ずかしくて膝を閉じたいのに、柔らかな声と大きな手にぐいっと阻まれる。

それどころか、羞恥《しゅうち》に震えるソコを、指先に蜜をまとわせて、くちゅりと上下にくすぐってきて……

「あ……んんっ」

見られて恥ずかしいはずなのに、あまりにも気持ち良くて、大きく腰をくねらせてしまう。

すぐるさんはそんな私にニッコリと笑いかけた。

「恥ずかしいなら、そう思えなくなるくらい――……まずは溶けようか」

不穏な言葉を口にしながら、隠そうとしていたソコにつぷっと長い指を沈めた。そして、丁寧にナカをほぐしながら、まさぐりだした。

「ふぁっ……」

脳にゾクゾクと刺激が届くと同時に、私の大事なところから、ぐちゅぐちゅと卑猥な音が耳に届く……

「……ぁん、すぐ、るさ……んっ……」

――っ……すごい音……

快感に震える唇が、チュッと盗まれる。

「ナカももう熱くてトロトロだ……。俺に触れられるだけで、そんなに気持ち良かったんだ……？

さえは体も正直で可愛いね」

恥ずかしい確認をされて、反射的に首を横にふってしまう。

「あっ、そ、そんなぁあっ……、ひゃっ」

「恥ずかしいことじゃないから言って……？」

指先がなかでくいっと曲げられ、「ひゃん」と腰が跳ねる。

「さえのいい場所を知って、いっぱい気持ち良くしてあげたいんだ」

そう言ったすぐるさんの指が刺激を続ける一方で、蜜の在り処の上の……小さく腫れ上がった熱いソコをくるりともてあそんで――

「君は今日から、俺のものなんだから――……」

「あ、ふぁあ！」

なにこれ……

はじめての刺激に、呼吸が止まる。

そのまま小さな粒を捏《こ》ね回しながら指の動きが加速し、ヌチャヌチャと耳を塞ぎたくなるような水音が部屋に響き渡る。

あっ、あっ、と、細く息を吐きながら無意識に腰が浮きあがり、ぞくぞくする刺激が全身を伝う。

「ぁっ……だめ、おかしくなる……！」

下肢からせりあがってくる、大きな波にどんどん気が遠くなっちゃう。

すがるように腕を伸ばすと、すぐるさんが顔を近づけ舌を絡めるキスをしてくれた。

「おかしくなりなよ、君の全部が見たい……。我慢しないで気持ち良くなって……その可愛い顔を見せてごらん。そのほうが、俺も、嬉しいから」

すぐるさんは……どこまでも優しい……

優しい声に安堵しながら、ぎゅぅっと目をつむって、彼にしがみついて快楽の波に身を任せる。

やがて訪れたものに、息を止めたその瞬間。

「あああぁっ……！」

ビクンビクンッと大きな波に飲まれ全身が震えた。

激しく震える私を力強く抱きしめてくれるすぐるさん。

初体験なわけじゃないのに……こんなに余裕なく乱れて恥ずかしい。

でも、こんな刺激も、こんなに丁寧に愛されるのも……はじめてだ。

どうしようもなく、彼の手中に落ちていっている……

すぐるさんはそんな力の抜け切った不細工間違いなしの私を、何度も可愛い、可愛い……と抱きしめ、囁《ささや》きながらキスを落としたあと、四角いパッケージを咥《くわ》え、足の間に身体を押し入れてきた。

太腿をなであげられると同時に、まだ脈を打つ内腿を左右に開かれる。

「あっ……」

「まだバテちゃだめだよ……俺のことも、気持ち良くしてね」

パチンと音がしたあと濡れそぼった入口に、クチュリと大きな灼熱を押し当てられた。

次の瞬間、溶かされた身体が、ぐちゅ、ぐちゅん……！　と大きく押し開かれた。

「はぁん……っ！」

一瞬、呼吸が止まった。

挿ってきた、すぐるさんの大きくて熱い雄芯。気持ち良すぎて、眼の前がチカチカする……

思わず下肢にキュウッと力が入ると、すぐるさんの綺麗な顔が苦しそうにゆがんだ。

「っ……力抜いて、さえ。……そんなに締められると、やっとひとつになれたのに、俺、すぐにもってかれそうだ……」

すぐるさんは、自分を戒めるかのようにそっと目を瞑《つむ》り、呼吸を整え、ほどなくしてさらにもう一度息を吐いたあと、体を震わせる私を熱く見つめながら、ゆっくりと慣らすように腰を動かしはじめた。

「——さえ」

「ああっ……あ」

熱くて大きな質量の移動。さっきまでと桁違いの快感に唇がわななく。

「……これから毎晩愛して、俺から離れられないようにしてあげる……。覚悟してね」

そうしてキスをしながら、緩やかに加速していく抽送。

はじめは私の様子を見ながら、しだいに壊れた振り子のように、すぐるさんが余裕なく腰を打ち付けていく。

「ぁん……あっ……ああっ」

「早く俺の形を覚えて――」

繋がったままぐいっと大きな手のひらに腰を抱えられ、少しだけベッドから背中が浮く。同時に接合部が強く押し付けられ、先端がゴツゴツと子宮口を押し上げる感覚が伝わってきた。

――ふ、ふか……いっ。

「ぁっ……だめっ、これじゃっ、すぐに……っ」

「イっていいよ。もう……っ、俺も、止まれない……」

すぐるさんは掠れた声でそう紡ぐと、自由のきかない足の間を、さらにパンパン激しく穿《うが》ちはじめ、スイートルームに肌と蜜の音を響かせる。

振り落とされないよう、しっかり背中に腕を巻き付け、隙間なく素肌を合わせた。

「ぁんっ！　あぁっ、ひゃあっ……」

「突くたびに、ナカがきゅうきゅう締め付けて、出ていくなって引き止めてる――」

「あっ……やっ、そんな……のっ」

恥ずかしいから言わないでって、言いたいのに。意地悪に大きく開かれた足の間にさらにパンパン激しく腰を打ち付けられ、声を出す余裕すら奪われてしまう。

追い立てられるように視界が甘く霞《かす》み、全身から電流を放ったみたいに痙攣《けいれん》をはじめる。

「……素直で、可愛くて、淫らで……最高だよ」

そう低く囁《ささや》きながら、熱でふくれあがっていた蕾《つぼみ》をキュッと指先でつままれた。

「あっ、だめ、いっちゃ、あぁぁぁ——っ!!」

私が甲高い声を上げて全身をガクガク震わせると、絶えず打ち付けていたすぐるさんも、誘発されたように顔を歪め、「——っ……は……」と吐息を吐いて、ビクビク！　とナカで雄芯を震わせ精を放った。

呼吸を整えながら、ふたり引き寄せられるようにして夢中で唇を繋げあう。

——温かくて、心地よくて……とても幸せ……

私、もうこんなにも、すぐるさんに……溺《おぼ》れてる——


「さえ……」

甘い疲労感と、心地よい体温によって、今にも瞼《まぶた》が閉じてしまいそう。

シャワーを浴びたあと、私たちは濡れた体を温めるように、もう一度ベッドで貪欲に抱き合った。

何度体を重ねても飽き足りなくて、満たされているのに、離れたくない。

本当に、はじめて出会ったとは思えない、不思議な感覚。

そんな恍惚《こうこつ》とした思いでいると、意識が遠のいていく。

「もう一回——って言いたかったけど、無理させたね……」

すぐるさんがなにか囁《ささや》いたあと、私を胸元に抱き寄せ、額や瞼《まぶた》に優しく唇を押しあてる。

「ん……すぐる、さん……？」

「ゆっくりお休み。可愛い俺の奥さん……明日からよろしくね」

再びふたりの距離がゼロになると、淡いシトラスの香りとともに、彼の優しい鼓動が耳に届く。

あぁ……とても安心する。

異国の地で出会った麗しきホテル王からの　情熱的なプロポーズ。

それは――　〝利害一致婚〟という不思議な形で結ばれることになった私たちの、突然すぎる新婚生活のはじまりの合図となったのだった。

第三章　新婚生活と秘密と大道寺の弟と

――それからのすぐるさんの行動はとても速かった。トントン拍子というのはまさにこのことだろう。

翌朝には、謝罪を兼ねてみゆきと陵介くんのもとを訪れ報告をし、三月の二週目に控えていた私の母の誕生日では、わざわざ実家に来て、堂々と家族全員に結婚の挨拶をしてくれた。

『兼ねてよりさえさんとお付き合いしておりました、大道寺です。さえさんと結婚させてください』

ちょっぴり口裏合わせをしたものの、それはご愛嬌《あいきょう》。いきなり現れた見目麗しい御曹司に、家族全員ビックリ仰天。

驚きながらも、彼の誠実で穏やかな人柄と立派な肩書きに、両親も弟も手放しで祝福してくれた。

そして、気がかりだった母に至っては、

『……咲笑。あんなに素敵な人を見つけていたのね。そうとは知らず、悪いことをしたわ。今までごめんなさい』

と、帰り際にこっそりとこれまでのことを謝罪してくれたのだ。

母は晩婚だったことから、親戚からのプレッシャーや子育ての体力的な問題にひどく悩み、娘の私にそんな思いをさせたくないと強く思っていたらしい。

でもここにきて、自らの過ちに気づいてくれた。結婚を喜び合えたことを、私もとても嬉しく思う。

三月の三週目には、すぐるさんのご両親とお会いした。彼のご両親は私たちの結婚をとても喜び、私を温かく迎え入れてくれた。てっきり家柄が良くないとか言われるのでは？　と身構えていたけれど、多忙なすぐるさんに、早く安らげる家庭を持って落ち着いて欲しかったらしい。

『冴えない息子にこんな素敵なお嬢さんが来てくれるとは。創業パーティーにも花を添えられるな』

『仕事で忙しいからって、咲笑さんに寂しい思いをさせないようにね』

冴えないのは私のほうなのに……

都合がつかない弟さんへの挨拶は後日という形になったが、穏やかで優しいご両親ととても良い時間を過ごすことができた。危惧していた『百周年創業パーティー』のほうも、とっても緊張したけれど、ずっとすぐるさんが隣でフォローしてくれたおかげで、なんの問題も起きなかった。

そのあとは、すぐるさんのスケジュールに合わせて、両家の顔合わせや結納などを執り行い、出会って五月初旬には入籍。その数日後からは、大道寺グループの所有する、中央区の億ションと呼ばれる低層レジデンスで同居をスタートした。

二十四時間駐在のコンシェルジュさんがいたり、スーパーやラウンジなどの共用施設が充実していたりと、細やかな気配りが行き届いていて、まさにセレブ……！　私には身に余る住まいだけれど、大好きな人との甘い生活に、幸せを噛み締めずにはいられない。

『やっと一緒に生活ができる。さえ、今日からよろしくね。仕事で家を空けることが多いけど、寂しい思いはさせないと誓《ちか》うよ』

『ありがとうございます。ふつつか者ですが、よろしくお願いします』

すぐるさんはあの日からなにも変わらない。いつも私の小さな声に耳を傾け、歩調を合わせてくれる。まだ『好き』とか『愛してる』といった直接的な表現はないが、キスやハグなどで沢山愛情表現をしてくれる。

過ごす時間とともに、私のすぐるさんへの思いは、より深いものへと変わっていた。

『さえ……俺だけを見て』

夜だってもちろん……何度も抱き合うの。

いつも私だけを見つめ、そらされることのない彼のまっすぐなアーモンドアイ。貪欲にお互いを求めあって、支え合って、不安になることもない。

――これ以上なく、幸せだ。

勇気を出して、シンガポールに行って本当に良かった。

あの夜すぐるさんに出会えて、本当に良かった。

私は、今までは考えられないほどの幸せを味わっている。

もう、これ以上の幸せなんて――

「ちょっと、咲笑ってば!?」

――ん？

我に返ると、テーブルを挟んだ向かい側から、みゆきが怪訝そうな顔でこちらを見つめていた。

「――わっ、ごめん……」

そうだった！　顔が真っ赤になり、乱れてもいないボブヘアに触れて恥ずかしさを紛らわす。

「もう、近況報告していたかと思えば、急にニヤニヤして黙り込んじゃうんだから」

イタい。

「まぁ、幸せだってことが、よぉくわかったけど」

イタすぎる……

ここは、うちから徒歩十分の、駅ビルに入っているイタリアンカフェ。今日は、みゆきと近況報告を兼ねてランチをしていたんだった。

電話で大まかな近況報告はしていたものの、話しているうちに興奮してしまい……なんと、最近の彼との暮らしを思い出して陶酔していたみたい。

「話したいことがいっぱいあって、つい……。でも、おかげさまで、すごく幸せだよ」

食後のコーヒーを口にしながら、へへへっと笑ってごまかす私。みゆきはもちろん呆れ顔だ。

「見ていたらわかるわよ……。まぁ、幸せでなにより。電撃婚だったからいろいろと心配もしたけど、相手が大道寺さんなら問題なさそうね。誰かに取られる前に結婚しておいて、かえって良かったんじゃない？」

冗談ともいえない冗談に笑って相槌《あいづち》を打つ。本当に、彼みたいな人が私にプロポーズをしてくれたのは奇跡だ。

「自分でもまだ結婚した実感なんてわかないけどね。それも、婚約していたみゆきたちより先になるなんて」

「私たちはいいの、まだお互い仕事で手いっぱいだし。とにかくふたりがうまくいっているようで、私もホッとしたわ」

感慨深そうに、私の手元に視線を落とすみゆき。小花柄のシフォンワンピースを着た私の左手の薬指には、ダイヤのエンゲージリングが照明を反射して煌めいている。

結納の前に、すぐるさんからプレゼントされたものだ。ちなみにブライダルリングはまだ交換していない。

シンガポールですぐるさんとふたりで報告をしたときも、みゆきと陵介くんは、我がことのように祝福してくれたんだっけ。

そのあと、仕事を残していたすぐるさんと陵介くんに見送られる形で、ひと足早く帰国した。数ヶ月前のことなのに、随分昔のことのように思える。

「そういえば、結婚式の話はあれからどうなったの？　どこでやるかは決まった？　やっぱり海外？」

みゆきがアイスティーの氷をカラカラ掻き混ぜながら、挙式について興味津々に尋ねてくる。

そういえば、慌ただしくてまだ報告していなかった。

「あぁ、ううん！　九月に隣県のＫ市でオープンするグランツでやることになったよ。でも、まだ日程は未定かな……。すぐるさんはオープンを控えていて忙しいみたいだから、落ち着いたらにしようって話しているんだ」

「へぇー意外。世界にホテルをわんさか持っているホテル王の大道寺さんだから、てっきり海外でゴージャスにやるのかと思っていた」

「私はそんなタイプじゃないから……。好きなところでいいと言ってくれたから、すぐるさんが今手がけている場所にしてもらったんだ。彼の仕事のメインも国内だしさ」

そう――。世界各地にあるリゾートホテルを統括する彼だけれど、主な勤務地は自宅から徒歩圏内の大道寺グループの本社ビルだ。そこでホテル事業をはじめ、既存事業の更なる開発などの経営の中枢を担い、社長の右腕として目まぐるしい日々を送っている。

「ま、場所はどこでも。大道寺さんなら、ホテルウエディングについても熟知しているだろうし、華やかで素敵な式になるんでしょうね！　楽しみにしているわ」

「ありがとう」

ふふふと、みゆきと笑い合う。その後も互いの近況報告に花が咲いた。

そんなふうにして、さらに三十分ほど経過した頃だろうか。

マナーモードにしてあったスマートフォンが、テーブルの上で【ブーン】と震えた。みゆきのスマートフォンだ。

「ごめん、咲笑、ちょっと電話してくる」

弾かれたように画面を確認した彼女は、そう言って手を合わせ、そそくさと席を離れていく。

――結婚式かぁ。

みゆきの背中を見送ったあと、ふと、一週間前出張に旅立った、本日帰国予定のすぐるさんの顔が頭に浮かぶ。

『俺の可愛い奥さん、出張に行ってくるね』

なんだか、まだ夢を見ているみたいだ。すぐるさんと私が結婚して夫婦になっただなんて。

戸籍上は確かに夫婦だけれど、世界中のリゾート地にホテルを持つ彼は、ひどく忙しい人だ。

突然、海外出張へ赴《おもむ》くことも多く、同じ家に住んでいても顔を合わせない日だってある。

そして、これまでちゃんとデートができたのだって、数回程度……

一緒にいる時間が少ないせいか、結婚したという実感があまりわいてこない。

式を挙げれば、また違ってくるのかな……？

それに――

どんなに忙しくても私を気にかけてくれ、なんでもそつなくこなす彼は、とっても頼りになる素敵な旦那様だけれども。

まだ、好きだとか、愛しているだとか、想いを伝えてくれたことはない。

私のほうは、離れて過ごしていても、どんどんどん好きが加速していっているのに。

もちろん、恥ずかしくて彼には言えないけど……

私たちがお互いの気持ちを理解していないのも、結婚した実感がない原因のひとつなのかな？

いつの日か『さえ、愛してるよ』って囁《ささや》いてくれる日がくるといいな。

そうやって、あれこれひとしきり考えを巡らせていると、ふいに腕時計に意識が向く。

みゆきが席を立ってから、もう随分時間が経っている。

どうしたんだろう？

もしかして、仕事の連絡でも入ったのかな？

人気の美容部員である彼女は、店舗から呼び出されることも珍しくない。

ぬるいコーヒーを呷《あお》って席を立つ。

まだかかるかもしれないし、とりあえず今のうちにお手洗いに行ってこようかな。


――あれ？　みゆきだ。

化粧室前にある共有スペースに差し掛かったとき、見慣れた後ろ姿が視界に飛び込んできた。

ベンチの端で、こちらに背を向けて通話している。

てっきり、店内の待合スペースにいるのかと思ったのだけれど、奥まった位置にあるここで話し込んでいたらしい。

『――そうなのよ、まだ言ってないみたいなの……うん』

盗み聞きするつもりはないのだけれど、彼女の砕けた口調が気になってしまう。みゆきは通話に夢中で、こちらに気づく様子はまったくない。

『私から言うわけにもいかないし……ええ、えぇ』

なんだか仕事の電話ではなさそう。相手はもしかして陵介くん？

彼となら、席で話してもよかったのに。

そんなふうに考えながらも、このまま聞いているのはどうかという自制の気持ちが働いて、彼女の背後を通過して、仕切りの向こう側の化粧室に入った瞬間。

――それは聞こえてきた。

『……そうね、私も大道寺さんが咲笑に話すのを待つべきだと思うわ』

小声ながらもはっきりと聞こえてきた名前。

つい、ぴたりと私の足が止まる。

え……？

『ええ……うん、わかった。このままで……じゃ』

ちょうど会話が終わり、仕切りの向こう側でみゆきが動く気配を感じる。

しかし、私は足が床に貼り付いたかのようにそこから動くことができない。席に戻っていくみゆきに声をかけることも。

トイレの入口で立ち尽くしている間に、彼女の足音はどんどん遠のいていく。

なんの話をしていたの……？

それから席に戻って、みゆきと再びマシンガンのような近況報告をして笑顔で別れた。しかし、胸の内では引っ掛かりを覚えたままだ。

玄関の扉を開くと、ワンフロアを使い切った5LDKという、スイートルームのような居住空間が広がっている。

カウンターに荷物を置いて、夕飯の支度に取りかかる。料理本を凝視しながら、本格的なビーフシチューに挑戦してみるものの、みゆきの言っていたことが気になって、ついつい料理の手が止まってしまう。

あのあと席に戻って『仕事の呼び出しだった？　大丈夫？』と聞いてみたのだけれど、みゆきは『全然、大丈夫よ』と笑うだけ。

小心者の私がそれ以上追及するなんてできるわけがなかった……

けれども、あれは明らかに私たちの話だった。

まるで、すぐるさんが私に隠していることがあるような言いかた。あの感じだと、おそらく相手は陵介くんだ。

一体なんの話をしていたのだろう……？

そのとき、バッグの中で【ピピッ】とスマートフォンが通知を知らせ、すぐさま飛びついて確認する。

【十九時に日本に到着する。今日は直帰できるよ。早くさえに会いたい】

すぐるさんからだ。

いつもどおりのメッセージを見た途端、モヤモヤした気持ちが薄らぐ。

きっと、そのうちわかるよね？　大した話じゃないよね。

よし！　早いところ、夕飯を作ってしまおう！


そして、二十時を回った頃。

ほんのり疲労を滲《にじ》ませたすぐるさんが、大きなスーツケースを手に帰宅した。

「――さえ。一週間もうちを空けてごめんね。俺がいない間、なにもなかった？」

「大丈夫ですよ。長い海外出張、おつかれさまでした」

玄関先で一週間ぶりの「ただいま」の抱擁をしてもらう。

すぐるさんが脱いだゼニアのスーツの上着を受け取り、優しい笑顔に微笑み返す。

横に流された、ビジネス仕様のダークブラウンの前髪、私を見て甘やかに細められる瞳。どれもこれも愛おしくて、胸がキュンと痛くなる。

「お疲れでしょうから、早めに夕食にして、早めに休みましょうね」

「ありがとう。さえの作ったご飯も久しぶりだな。お腹が空いたよ」

良かった。いつもどおりのすぐるさんだ。

私は温かい食事の載るダイニングテーブルに彼を促し、久しぶりの会話を楽しみながら、ふたりきりの夕食を堪能した。

「ごちそうさまでした」

ダイニングテーブルで向かい合って、ふたり、手を合わせて挨拶をする。

「片付けは俺がするよ」

食べ終えた食器を重ねて、すぐるさんはすくっと席を立つ。

「えっ、今日はいけませんよ……！　すぐるさん疲れているのに……」

「——俺がやりたいんだ。それに、ふたりで決めたことだろう？」

そう言われてしまうとなにも返せず、口籠《くちごも》った。

「だから、さえはコーヒーを淹《い》れてくれないか？　落ち着いたら、ふたりで飲もう？」

すぐるさんはニコニコしているけれども、その目が「この前約束したよね？」と語っている。

こうなったすぐるさんはとても頑固だということを、最近になってわかってきた。

といっても、結局それも彼の優しさだ。

「……わかりました。ありがとうございます」

しぶしぶ了承すると「よろしい」と言って、満面の笑みを見せてくれる。

五月に入籍したとき、私たちはふたつのことを取り決めた。

それは『求職活動は結婚式以降にしないか？』というすぐるさんの提案と、それを受けた私の『なら家にいる代わりに、家事をやらせてほしい』という要望だ。

出張が多く、特にホテルのオープンまでは家にいる時間が作れないすぐるさんは、せめて結婚式までの期間くらいは帰ればお互いの顔が見られる〝知り合う〟時間にできたら……と考えていてくれたみたい。

引っ越し後すぐに次の仕事を探そうとしていた私だったが、彼の提案を聞いてすぐに快諾した。

しかし、家でボーッとしているのは性に合わない。だからその代わりと言ってはなんだけど、ハウスキーパーさんの契約範囲を狭め、私も家事をやらせてもらうことになったのだ。

大学生の頃からひとり暮らしをしていたから家事全般こなせるし、料理も得意とまでは言えないが、好きだったりする。

『……わかった。そこはさえの希望どおりにしよう。でも、俺にも手伝わせて欲しい。それでもいいかな？』

『え……⁉』

そう。方針が決まったあと、彼は突然そんなことを言い出した。でも、忙しいすぐるさんの負担を増やすなんてもってのほかだ。

『悪いが、ノーは聞かないよ。俺が一緒にやりたいんだ』

速攻で断ろうとしたが、察しのいい彼に先回りされてしまった。

『いい？　さえ』

表情は優しいが、彼はとても頑固なところがある人だ。ここで『嫌だ』と言ったら、さっきの約束もなくなってしまうような気がする……。

『わ、わかりました』としぶしぶ了承した。

今は、手伝うためのすきをうかがうすぐるさんと、そんな彼に少しでも休んでもらいたい私の、ちょっとした攻防戦になっている。

けれども。

それはそれで、とっても幸せだったりする。


それから私の淹《い》れたコーヒーを飲んで、お風呂に入り、就寝前ののんびりとした時間をリビングで過ごす。

――とはいえ、実際のんびりしているのは私だけで、すぐるさんはリビングのローテーブルでお仕事中だ。

「――どうぞ」

彼の好きなハーブティーを置いて、自分の分を手にして彼の隣に座った。ナイトウェアのワンピースが、私の動きに合わせてふわりと揺れる。

「ありがとう、さえ。……悪いね」

「いいえ、無理はしないでくださいね」

すぐるさんは紺色のナイトウェアを着ていた。洗いざらしの髪から、メタルフレームの素っ気ないメガネが覗く。彼は視力が悪いらしく、日中はコンタクトレンズをつけて、入浴後はこんなふうに眼鏡をしてパソコンと向き合っている。

すぐるさんは一度こちらに笑顔を向けたあと、カップに形のいい唇を寄せて一口飲んだ。それから、再び真剣な面持ちで作業に没頭してしまう。

早く休んでもらいたい一心で夕食後すぐに入浴してもらったけれども、休んでくれなかった……

デスクトップに大きく表示されるのは、オープン予定のK市のグランツ・ハピネスのタイトル。私たちが式を挙げる予定のホテルでもある。

ホテル経営に関しては無知だけれど、きっとオープン前の今は大切な時期なのだろう。

そうだとしても、帰国した日くらいは休んで欲しいなぁ。

三ヶ月間をともにしてわかったのは、彼は御曹司という立場だけで、リゾートホテルの統括を任されているわけではないということだ。

優れた頭脳はもちろんのこと。分刻みのスケジュールで勤務したあとには、こうして家で時間外の作業をしたり、『勉強』だと言ってさまざまな資料や本を読み漁《あさ》ったりする。

常に向上心を忘れずに努力を怠《おこた》らない。元々のスペックも高く、非の打ち所がない魅力的な人。

だけれども……体を壊さないか心配だ。

そんなふうにして、仕事に熱中する彼の横顔をしばらく見守り、ほとんど減っていないハーブティーを淹《い》れ直した頃、すぐるさんがようやくパソコンから顔を上げた。

「――一段落しましたか？」

ソファから身を乗り出して問いかけると、すぐるさんはハッと目を大きく見開く。それから慌てたように時計を確認して、申し訳なさそうな顔になる。

「ごめん、さえ。十分だけと思ったのに、時間も経っていた……」

「私は構いませんが、そろそろお休みになったほうがいいのでは？　出張帰りで疲れているでしょうし、明日も仕事ですし――」

距離を詰めてきたすぐるさんは、私の腕を掴んでぐいっと引き寄せる。

「君は本当に人の心配ばかりだな……」

すんなりと彼の腕の中に招き入れられて、じわりと体中に甘い痺《しび》れが広がる。温かい……。素直にその腕に体を委《ゆだ》ねると、さらに力が加わった。

「出張は慣れているから、大丈夫だよ。ずっと家を空けていてようやく帰ってきたところなのに、仕事ばっかりでごめん。もっとワガママ言っていいんだよ、さえ」

「ワガママなんて、とんでもない……」

私は充分に幸せだ。とっても満たされている。

すぐるさんがいつもこんなふうに気にかけてくれて、毎日お姫様のように大切に扱ってくれて……。

これ以上望むことなんて――

『大道寺さんが咲笑に話すのを待つべきだと思うわ』

突然、カフェでのみゆきの声が、頭の中で反響する。

あ……。やだ。なんで、こんなときに思い出すの。

「どうしたの？」

すぐるさんが、些細《ささい》な私の変化に気づいてしまった。すぐに首を横に振る。

「いいえ、なんでもありません」

なんの話なのかはわからないけれど、大丈夫。だって、すぐるさんだもの。トモキじゃないんだから。

「――なんでもなくない」

「あ……」

すぐるさんは、腕の中にあった私の身体をひょいと持ち上げると、向かい合うような形で膝に乗せる。そして、私の顔を真っ向からじっと見つめてきた。

いつも見上げる位置にあるはずのその目が「言うまで逃がさない」と語っていて、きゅっと心臓が縮まった。

ど、どうしよう。

「さえ、気になることがあったら言って？　君に聞かれて困ることとなんて、俺にはひとつもないよ？」

すぐるさん……

トクン、トクン、と鼓動が速まる。彼の言葉に、意思が揺らぐ。

本当に……？

「言わないとこのままベッドに引きずり込むよ？」

「ベッ……！　そ、それは……」

嬉しいような、ドキドキしてしまうような……

そう言いながらも、彼のアーモンドアイはとても穏やかで、なにかしてくる気配はない。

うん、わかっている。きっと、私が切り出しやすい雰囲気を作ってくれているんだ。

「――さえ」

大きくて優しい右手が、私の頬に寄せられる。

催促されているのだけれど、彼はちゃんと私のペースに合わせて待っていてくれる。

そうだよ、問題なんて起きるわけがない。すぐるさんに、疚《やま》しいことなんてあるわけないよね？

意を決して、すぐるさんを見つめて口を開く。

「――すぐるさんは、私に」

『なにか、言うことってありますか』と続く前に、テーブルの上ですぐるさんのスマートフォンが
【ピピピ】とけたたましく鳴り響く。

反射的に閉じる私の口。

すぐるさんは真剣な表情を崩さずに『続けて』と私を見続けていたけれども――

「いえ、この状況では、ちょっと……」

おずおずと申し出ると、彼は少し迷う素振りを見せた。そして残念そうにそっと息をついたあと、
ようやく画面を確認してくれた。

「隼人《はやと》か……。申し訳ないけど、ちょっと電話してくるね」

「わかりました」

私の額にキスを落として、ソファから立ちあがるすぐるさん。

リビングの窓際に移動したすぐるさんが、こちらに背中を向けて会話をはじめると、私はソファの上にヘナヘナと崩れ落ちた。

はぁ……なんだろう。私はおかしい。

ナイトウェアの上から胸をそっと押さえる。心臓がバクバクと壊れそうなほど暴れまくっている。

なんでこんなに緊張しているの。まるで、すぐるさんを疑っているみたいじゃない。彼は、私を傷つけるような人じゃないのに。

みゆきの言っていた通り、言ってくれるのを待つべきなんだ。それにこれは勝手に聞いてしまった話。騒ぎ立てるのは良くない。もう気にするのはやめよう。

愛してるとか、好きとか、直接的な言葉はないけれども。彼はシンガポールで約束した通り、幸せにしてくれている。

そんな彼を疑うような真似、私はしたくない。

自分に言い聞かせるように何度もつぶやいて、ゴロンとソファに寝転がり、天井を見上げる。

「――さえ？　眠くなった？」

ぼんやり天井を見ていると、ほどなくして電話を終えたらしいすぐるさんが戻ってきた。頭上でソファが沈み、覗き込んでいるのだと気配でわかった。

「あ……はい、少し。隼人さんとの電話は……？」

反射的に眠くもない目を擦りながら体を起こす。

「もう終わったよ。次の俺の休みに合わせて帰国できそうだから、さえに挨拶させてくれって。食事でもどうかって言っているんだけど、どうする？」

勘のいいすぐるさんは、私が眠っていたわけではないことに気づいているだろうが、なにも言わずに私の肩を抱き寄せた。

「お会いできるんですか？　行きたいです」

「ならそう返事をしておこう。騒がしいやつだけど、よろしくね」

自分と同じ柔軟剤の香りが彼からもするのを感じながら、これ以上追及されなそうな雰囲気だったのでホッとする。

「楽しみにしています。ずっとご挨拶できていないのが気になっていたので」

「あいつは気にするようなやつじゃないさ」

隼人さんというのは、すぐるさんのふたつ下の弟さんだ。アメリカを拠点に、主に大道寺グループの不動産事業を担う、取締役専務らしい。

彼もまたとても忙しい人のようで、創業パーティーや結納にも都合がつかなくて、まだ会ったことがない。

どんな人なんだろう。仲良くなれるといいのだけれど。

「――で？　さっきの続きは？」

ホッと胸を撫で下ろしていたところ、心配そうな顔がこちらに向けられていた。流されてくれなかったらしい。

私は揺れそうになる視線を彼に留めたまま、膝の上に置いた自らの手をギュッと握った。

「……心配かけてすみません。少し、寂しかっただけなんです。でも、もう大丈夫です。隼人さんと会えるとわかって、嬉しくて吹き飛んでしまいました」

もっともらしい嘘を並べて取り繕う。完璧にごまかせたはずだ。嘘を吐いた罪悪感でいっぱいだが、でも、これでいい。もう考えることはやめたんだ。

「そうか」

すぐるさんは痛ましげに目を細め、優しく抱きしめて「ごめんね」と労《いたわ》ってくれた。

申し訳なくて、胸の中で反省する。

ごめんねと言うべきなのは、私のほうだ。

「俺がいなくて寂しがってくれるのは、素直に嬉しいな」

すぐるさん……

「でも……隼人のおかげで立ち直ったと思うと、おもしろくないなぁ」

「――へ？」

不服そうなトーンの声が飛び込んできたと同時に、耳の後ろに大きな手を差し込まれた。

そして――

「んんっ――⁉」

彼の言葉の意味も理解できないまま、深く唇を貪られる。

どういうつもりなのか――はじめから、思考を溶かすことを目的とした、濃密で息をつく間もない肉欲的なキス。

舌の根をすくうように、舐めて、吸って、口内で巧みに動き回って。まるで罰を与えるかのように、彼しか見えない状況を創り上げられる。

理解できない性急さを感じながらも、音を立てて絡み合う舌にうっとりする。

大好きな人からのキス。気持ちいい。苦しいのに、気持ちいい……

キスをしているだけなのに、もはや体がドロドロに溶けて、原型を留めていないような感覚だった。

しだいに、擦れ合う滑らかな動きに夢中になり、もっともっとと追いかけていると、突然――離れていってしまった。

永遠に引き離されたような寂しさを覚えながら、あっ……と、離れていく唇を視線で追うと、そこからたしなめるような低い声がこぼれた。

「……さえの旦那さんは、誰？」

絡み合う眼差しは柔らかいけれど、子ウサギを掴んだ鷲《わし》のような鋭さがある。

私はなにか悪いことをしてしまったんだろうか。

なぜだかわからないけれど、彼のまとう雰囲気が、ちょっとだけサディスティックで怪しいものに変わった。キスの余韻も相まって全身の血液が騒ぎ出す。

「すぐるさん……です」

なぜいきなりそんなことを聞くのだろう。そう思いながらも、一週間前、出張前に与えられた彼の熱を思い出す私は、とてもはしたない。鼓動がはやり、密かに呼吸が乱れる。

「よくできました。可愛い奥さん。言いたくないのであれば無理には聞かないが……君が不安になるようなことは一切ないよ。シンガポールで約束しただろう。なにかあれば、すぐに俺を頼ってほしい」

ああ……そういうことか。私は完璧に取り繕ったつもりだったが、不安を抱いていることに勘づかれてしまったようだ。

すぐるさんは本当に人をよく見ている。

そうだよね。不安になることなんて、なにもない。私は彼の奥さんだ。

すぐるさんは〝幸せにする〟と約束してくれた。私たちは、幸せになることで利害が一致し、結婚したんだから――

「ありがとう、すぐるさん……」

顔を綻《ほころ》ばせると、嬉しそうに笑顔で答えたすぐるさんが、深く深く腕の中に抱きしめてくれた。

安心できて、とても落ち着く……。優しくて暖かくて……この人が、どうしようもなく、大好きだ。

「ベッドに行こう、さえ。会えなかったぶん、いっぱい君を可愛がりたい」

熱の籠もった眼差しが絡み合う――

……ちゅ。くちゅくちゅ。ちゅぷ……

移動した寝室の大きなベッドの上。部屋の中にとても恥ずかしい音が響いている。

もう、どれくらいこの音を聞いているだろう。

「一週間……長かったね」

「ぁっ……ん……」

「うちに帰って、早く、こうしてさえに触れたいと思っていたよ」

「っふ、……そのまま、しゃべら……ない、で」

甘すぎる言葉と貪欲な触れ合い。たまらない……

すぐるさんは、まるで飴玉でも舐めるかのように、自分の前で膝立ちさせた私の胸の真ん中を舐め転がしている。愛され続けているそこはぷっくりと赤く腫れ上がり、彼の荒い呼吸が触れるだけで、敏感に反応してしまう。

とろり……と、足の間から熱が伝うのを感じる。

「――もっとこっちに来て」

「あっ……」

焦れたような声をだし、私を自分の肩に掴まらせると、くいっと腰を抱き寄せる。それから震える私の太ももを掴んで、彼をまたぐような形で立たせ、もう一方の手で撫で上げるようにして内腿に指を滑り込ませた。

水気をたっぷり帯びたソコを……なぞるように行き来させて……

する。

そう言って、顔の前にあった私のふくらみをちゅると舐めると、ちょっぴり意地悪そうな顔をする。

「ふっ、もう、とろとろ……期待して、すごいことになってる」

やだ……。ひどくいやらしい音。

ぐちゅ、クチャクチャ……。クチュ。

「ひゃ、ぁっ……」

「ひゃんっ……、だって、すぐるさんが、そういうこと……してたから……」

いつも上品で紳士的なすぐるさんが、夢中になって私の胸にむしゃぶりつく姿は、たまらなくえっちだ。……好きな人にされたら、どうしようもなく感じてしまうのは仕方ない。

「一週間も会わなかったから、甘やかしたいんだよ。さえが気持ちいいと……俺も嬉しいから」

私を喜ばせるようなことを言ってのけ、ちゅぽっと蜜口から離した指を見せつけるように舐めた彼は、顔を真っ赤にして震える私の両足を、なぜか足元からひょいとすくい上げた。

「え？　……なに、するんですか？」

横抱きにされ、よくわからないまま胡座《あぐら》をかくすぐるさんの膝の上に座らせられてしまう。

ひたりとお尻にくっついた熱く反り勃《そ　た》つモノに、息を呑んだのもつかの間。

「……ナカも確認してあげる」

怪しく囁《ささや》きながら耳を舐められ、足を掴んでそっと左右に開かれた。

「あ……やぁっ」

「こら、動かないの」

すでにとろけた恥ずかしいソコを何度か上下になぞったあと、すぐるさんはじゅぷじゅぷと音を立てながら、指を差し挿れてきた。

「あぁっ……はぁっ、ん……」

奥まで貫かれ、ゆっくりと掻き回される。体が溶けそうなほど心地いい。

繊細で綺麗だと思っていた指は、こうして体の中に入ってくると、とても太くて男らしく、存在感がある……

「可愛い、ヒクヒク締めつけてる……。でも、やっぱり狭いな……ちゃんとほぐしておこうね」

そうつぶやいて、私の吐息をその唇で盗む。同時にナカの指が動きを速め、さっきよりも大きくいやらしい音を立てはじめる。

「あっ！　ぁっ…ぁんっ……」

キスの合間からこぼれる甘い吐息。

入り込んだ指がそこを掻き混ぜながら、限界まで引き抜いては一気に沈め、律動を繰り返す。

熱くて長い彼の指にそうされると、いつもそこを貫くすぐるさんの大きな質量を思い出してしまい……甘い疼《うず》きのような痺《しび》れが足の間にたまっていく。

――あぁ、だめ……なんだか、もどかしい。

しだいに、私の弱い一点をとんとんと刺激するような動きが加えられるようになった。

「あぁっ！　んゃっ、すぐるさん……だめぇ……」

「さえのだめは、〝イイ〟の間違いだからな……もっとその声、聞かせてもらうよ」

クスッと私の本心を見抜きながら、さらに指を追加しナカを掻き混ぜる。

「ひやぁ、あ、ぁっ！」

「ふふ、かわい……」

今まで体を重ねるという行為は、男性の欲を吐き捨てるためのものだと思っていた。ひたすら揺さぶられ、やっと気持ち良くなってきた頃に相手が欲を吐き出して終わる。子供を作ることができる行為だけど、そんな呆気ないものだって思っていた。……少なくともトモキはそうだったから。

でも、すぐるさんは違う。

こちらを見つめる眼差しや甘い言葉……彼自身の欲を満たすためだけではない、体中に落とされる優しい愛撫。宝物のように扱われて、夢中にさせられる。

でも――

こんなに溺《おぼ》れてしまって大丈夫だろうか……

震える唇を開け、何度も舌を絡めとられ、真っ白になっていく頭で、ふと、そんなことを思ってしまった。

みゆきの話を聞いてしまったからだろう。今日の私は、やっぱり少しだけおかしい。

彼に溺《おぼ》れることが、無意識のうちに……ほんの少しだけ、怖くなっている……

「――こら、なにか考えてない？」

ふいに刺激がやんだと思ったら、すぐるさんの低い声とともにシーツの上に押し倒される。

体を起こす間もなく両足を掴まれ、わけがわからないうちに、恥ずかしい場所を真上にさらすような格好をさせられてしまった。

「やっ……なにしてっ」

「——意識が別のところに飛んでたよ」

戸惑いと羞恥《しゅうち》に震える私が答えるより先に、彼はもう一度静かに口を開いた。

すぐるさんの表情は、いつもとはかすかに違う。

瞳の奥に、情欲とは違った別の炎を灯している。心配そうな、ちょっぴり不服そうな……はじめて見る顔だ。

彼は私の変化を、いつも敏感に察知してくれる。

でも、今回は、私の思っていることと、彼の予感は別のところにあるような気がした。なんとなくだけど……

「そんなわけな——ひゃあ、んっ！」

恥ずかしがる間もなく首を横に振ったら、鼻から抜けるような声が出てしまった。

すぐるさんが突然、足の真ん中の……私の恥ずかしいソコにぷちゅ、と吸いついたからだ。そのまま、ぴちゃぴちゃ、ちゅぷっ、と奥に舌を挿し込むように舐め回され、腰がビクビク震え言葉をうまく紡げなくなる。

「やぁっ、ふぁ！　んんっ……待って……この格好は……」

「ほかのことを考えてはだめ——今は……俺のことだけを考えていればいい」

そう咎《とが》めるなり、飢えた肉食動物のように激しく口淫する。

あふれ出てくる蜜をジュルジュルと吸いとり、溶けた入り口にはぐちゅ、ぐちゅと揃えた二本の指を出入りさせる。

「ひゃあぁっ……あああぁ！　んあ！」

舌と指の両方から与えられる快楽に、腰がうねり、頭が、真っ白になっていく——

すぐるさんがどんな誤解をしているのかわからないけれど。

出会ったあの日から、もうすぐるさんのことしか、見えないよ。

今だってそう。

不安を埋めるように、もっともっとすぐるさんのことを感じたいって、そう思っている——

絶え間なく与えられる快楽に、ゾクゾクと甘い痺《しび》れが背中を駆け上がり、熱くて大きな波が近づいてくる。

——逃がすように腰を浮かせたその瞬間。

「あぁぁっ！」

電流が走ったように身体がビクン、ビクン！　と震え、大きく仰け反った。

やだ……あっという間に達してしまった。

ベッドでくたりとする私を「おいで」と優しく抱き起こしながら、労《いたわ》るようなキスを頬や瞼《まぶた》に落としてくれるすぐるさん。

好き……大好き。

大好きな香りに包まれ、うっとりする。

「でも……これからだよ」

すぐるさんは溶けきった私を座っている膝の上へ向かい合うように座らせ、ちょっぴりサディスティックに笑ってみせた。

「挿れるよ」

そして、息を呑んだのもつかの間――手早く避妊具を嵌めた灼熱をあてがわれ、どちゅ！　と蜜口を一気に貫いてきた。

「んあぁぁ！」

瞼《まぶた》の裏がチカチカする。

丁寧に丁寧にほぐされていたから痛くはない……痛くないけれども。指なんか比じゃない圧倒的な質量がもたらす快楽が脳天を貫いて、どう呼吸をしたらいいのかわからなくなる。

「はぁっ……ぁ」

たった今、達したはずなのに……また、イッちゃいそう……。すぐるさんの猛々しいモノを待っていたみたいに、溶けたナカが彼に絡みついているのがわかる。

「……今日のさえは意地悪だから、俺も容赦しないよ」

「ふぇ……？」

なにか愉《たの》しそうな声が聞こえたなと思ったら、すぐるさんの大きな手が私の腰を固くホールドし、ばちゅ、ばちゅ！　と燃えたぎる灼熱を下から無遠慮に突きこんできた。

「ふゃぁん！」

そのまま上下に揺さぶるように、容赦なく熱い杭が激しく突き込まれる。

「あぁ！　……だめぇっ！」

体をよじって快楽を受け流したいのに……力強い手に腰を掴まれて、気持ちよさから逃げられない。

子供でも扱うかのように簡単に私を押さえつけ、重力とともに沈んだ私の腰に、絶妙なリズムで欲棒を突き上げ、最奥を刺激する。ごちゅん、ごちゅんと、息つく暇もない快楽をどんどん脳内に送り込んできた。

「手ぇ、離してっ、……あぁんっ！　また、きちゃう」

「だめ。隼人に会うのが楽しみって言ったり、俺とのセックス中に別のことを考えたり……今日のさえはっ、お仕置きが必要だね――」

刺激が強すぎて……彼がなにを言っているのかほとんどわからない。

強い快楽に振り落とされないように、彼の首にしがみついて激情の波に備えた。

「――今夜は、俺のことちゃんと覚えているか、朝まで確かめるから……覚悟してよ」

「んあっ、ああぁっ！　やぁっ、くる――」

「くっ……俺もイくっ……」

すぐるさんは繋がったまま私を横たえると、とろけるようなキスをしながら一層激しく腰を打ちつけ、私の身体が大きく震えたあと、ナカでビクビクと精を放った。

こうして身体をつなげると、さっきまでの不安が嘘のように、心も身体もすぐるさんでいっぱいになって……幸福感に塗り替えられていく。

あの日から、当たり前のように体を重ねている私たち。

すぐるさんは甘やかすだけで、愛を囁《ささや》いたりはしてくれないけれど、少なくとも私はこの行為に愛があると信じたい……

もっと、もっと、求めて。

——もっともっと、彼と深く……繫がりたい。

第四章　食事と発覚と好きな人と

――そんな激しくも甘い夜から二週間後。

季節は梅雨《つゆ》を迎え、六月中旬に差しかかる。

「さえ、そろそろ準備できた？」

あのあと、隼人さんとの食事の日はすぐに決まった。

相変わらず忙しいすぐるさんを心配しているうちに、約束の日を迎えた。

いつもより一時間遅く起き、ケータリングした朝食を食べてのんびり過ごしたあと、隼人さんとのランチに向けて準備をはじめる。

「あ、はい。今行きます！」

あの夜以来、すぐるさんによる怒涛《どとう》の甘やかし生活が再びはじまった。それに翻弄《ほんろう》され、カフェで聞いてしまったみゆきの言葉を思い出すこともなく、楽しい日々を送っていた。

いつもより念入りにメイクをして、短めのボブヘアには、初めてのデートでプレゼントしてもらったパールのバレッタを飾る。

そして、何度も姿見の前でクルクル回って、おかしなところがないか確認だ。

――大丈夫かな？

プリーツの施された、優しいミルクティー色のロングスカートがふわりと揺れる。

ウエストがキュッとすぼまり、朝顔のように裾が広がるフレアラインのワンピースだ。裾や袖にレースが重ねられていて、デザインもとても可愛い。

これは数日前、仕事から帰宅したすぐるさんがプレゼントしてくれたものだ。

『良かったら、食事のときに着てほしい』

有名なデザイナーズブランドのタグを見て、一瞬くらりと目眩《めまい》がしたけれども、私好みのデザインが嬉しかった。

『ありがとうございます……！　こんなに素敵なものいいんですか』

『もちろんだよ。君に着てもらいたくて少し前にオーダーしたんだ。本当だったら一緒に仕立てに行きたかったんだが……』

何度も首を横に振った。忙しい仕事の合間を縫って、私のために選んでくれたすぐるさんの心遣いだ。ワンピースはもちろん、その厚意で私は胸いっぱいだった。

「――お待たせしました」

準備を終えておずおずとリビングに顔を出すと、中央で右往左往して待っていたすぐるさんがピタリと足を止めて、それから一目散にこちらへやってくる。

なんだか真剣な顔。もしかして私おかしい？　この服、全然似合ってないとか……？

ごくり、と喉を鳴らし硬直していると、

「……あぁ、さえ。なんて表現したらいいのか言葉が浮かばなかったが……よく似合っている」

なんて想定外の過ぎた言葉。

えぇ……！　とても真剣な顔だったからてっきり……

ぐっと両肩に手をおいて、頭のてっぺんから、足の先まで食い入るように見つめる彼。あまりにも情熱的な視線に、居ても立っても居られない気持ちになる。

「あ、あの、そんなに見られると……ちょっと」

褒めてもらえるのは嬉しいけれど、ちょっと大げさすぎないだろうか。本気にしてしまいそうだ。

真っ赤な顔でぶるぶる震えながら、縮こまる私。

「恥ずかしがる必要はないよ。すごく綺麗だ……。今すぐ脱がしたいくらいにたまんない」

ぬっ……!?　今着たばかりなのに……!?

「なに言っ――んむっ！」

すぐるさんは爽やかな顔でとんでもないことを口にしたあと、形のいい唇でチュッチュッと小さなキスで私が反論する機会を奪っていく。

突然の甘い攻撃の数々に、全身がカーッと熱くなっていく。

「……顔が真っ赤だな」

「すぐるさんのせいです……」

久々の休日で上機嫌なのか、彼はいつも以上に甘い。甘すぎる。

隙あらば、こんな調子だし。

朝だって「もう少し寝よ?」なんて甘えた声で言って、なかなかベッドから出してもらえなかった。

もちろんそれだけですまなかったけれども……

嬉しい反面、私だけが翻弄《ほんろう》されているようで、ちょっぴり悔しくなる。

思い出して熱くなった頬にそっと触れながら、休日仕様の彼をそっと盗み見る。

いつもより遊び心のあるゼニアの濃紺スリーピーススーツ。細身のデザインは、ほど良く筋肉の乗る体のラインをあらわにしていて。鮮やかなボルドーのネクタイと、キラリと輝くシルバーのカフスが上品かつ華やかだ。

額を覆う柔らかなブラウンの前髪は横に流され、さらけ出されているのは、イケメン俳優顔負けの端整な面立ち。

うん。素敵なのは、間違いなく私ではなくて、彼のほうだ。

「さて、そろそろ行こうか。さえとこうして休日を過ごすのは久々だから、このまま食事をすっぽかしてデートに行きたくなるな」

「えっ、それはちょっと……。隼人さんが待っていますし」

「冗談だよ。だから、早く食事を終わらせてデートに行こう。俺はそっちのほうが楽しみだ」

エナメルのクラッチバッグを手にして駆け寄ると、ちょっぴり悪い顔をしたすぐるさんが、車のキーと私の手を取って歩き出す。

彼のリップサービスには永遠に敵わないような気がしてきた。

◇

それから、すぐるさんが運転する車に揺られ、十分ほど――

車は美しい日本庭園の広がる料亭に入っていく。

隼人さんが予約してくれたお店は、テレビや雑誌などでも目にしたことがある高級料亭だった。日本文化を堪能できる趣《おもむき》ある建物に、厳《おごそ》かな門構え。確か、コース料理はホテルに一泊できる料金だったような……。そう思いかけて、頭をぷるぷる振る。考えるのはやめよう。一般人の私とは金銭感覚が違うのだ。

隼人さんはすでに到着していると連絡があった。

私たちは、着物姿の店員さんに続き、重厚な木造の建物の中を進む。雰囲気のある小川が流れており、中庭の庭園のししおどしの音が聞こえる。

なんとも風流なところだ。

そして、すぐるさんが案内された個室の襖《ふすま》をゆっくり開くと――

「おお～、やっと来た」

和モダンなお座敷にひとり座っていたカジュアルスーツ姿の男性が、こちらに気づいてニコリと笑う。

アッシュブラウンのミディアムヘア。すぐるさんよりもシャープな目元。薄い唇には人懐っこい笑み。

すぐるさんを少し凛々しい顔つきにしたこの人が、隼人さん。二十九歳と聞いていたが、それよりも若く見える。

「久しぶりだな、隼人、相変わらず元気そうだ」

「それだけが取り柄だからな～」

握手で久々の再会を喜び合う美男子ふたり。並ぶと圧巻で見惚《みと》れる。

すぐるさんが先日〝騒がしい〟と評していたように、すぐるさんとは違うタイプみたい。すぐるさんが穏やかに周囲を見守る月だとすれば、隼人さんは人を呼び寄せる太陽という感じ。

なんて考えていたら、隼人さんの切れ長の目と視線が交わって、私は弾かれたように頭を下げる。

「は、はじめまして、咲笑です、よろしくお願いします」

「はじめまして、咲笑ちゃん。仲良くしてね」

隼人さんはにこやかに私と握手を交わし、掘りごたつのある座敷へと促してくれた。

「とりあえず座って。食事しながら話をしようよ」

すぐるさんにエスコートされて席につくと、着物姿の店員さんにより、目にも鮮やかな料理が次々と運び込まれた。

豪勢な舟盛りに、黄金色に輝く天ぷら。旬の高級食材が彩る食事を挟んで、和やかなムードで初顔合わせがスタートした。

「――遅くなったけど、ふたりとも結婚おめでとう。なかなか仕事で顔を合わせられず申し訳なかった」

ノンアルコールのドリンクで乾杯をしたあと、隼人さんが改まった様子でお祝いの言葉をくれた。

「忙しいのはいいことだ。ニューヨークでの事業もうまくいっているんだろう？」

「あぁ、今、大型の商業施設の開発に取り組んでいてね、うまくいってるんだけど、落ち着くまで時間がかかったよ。おかげで半年ぶりの帰国だ」

「活躍は聞いているよ。ディベロッパーも大変だな」

挨拶の延長で事業の意見交換をはじめるふたりはとても楽しそうだ。弾む会話を聞いていると、仲の良さが伝わってきて、私もしだいにリラックスしていく。

「咲笑ちゃんのことは、兄さんや両親から聞いていたよ。可愛い子がお嫁にきてくれたってみんな口を揃えて言うものだから、気になっていたんだ」

静観しながら美味しいお刺身をいただいていると、気さくな隼人さんが私にも話を振ってくれた。彼もまた、お世辞が上手らしい。

「そんな、とんでもない……」

「生活はどう？　兄さんにこき使われてない？　結構頑固で厳しいところあるし」

がんこで、厳しい……？

慌てて首を横に振る。

「まさかっ！　すぐるさんには、とても良くしてもらっています。忙しいのにいつも私を気にかけてくれて、大切にしていただいてますよ」

確かに頑固なところはあるかもしれないけれど。むしろ、私は過ぎた扱いをしてもらっていると思う。

彼に負担をかけていないか、心配になるほどだ。

「兄さんが？　ほんとかなぁ」

どう伝えたらわかってもらえるだろう。

慣れないテンポの会話に内心いっぱいいっぱいになっていると、隣からスッと腕が伸びてきて、肩を引き寄せられた。

「可愛い奥さんに、そんなことするわけないだろう。甘やかし足りないくらいなのに」

甘やかし足りないって……

助け舟を出してくれたに過ぎないのに、すぐるさんがまるで愛おしいものでも見るかのように見つめてくるものだから、鼓動が大きくなる。

隼人さんの前で恥ずかしい上に、どう反応すればいいのかわからない。

「ははっ！　なるほどね。弟には手厳しくても、咲笑ちゃんにはド甘いわけね」

……そう解釈してくれたらしい。助かる。

手厳しいすぐるさんなんて、ちっとも想像がつかないけれど、隼人さんは笑いながらグラスを呷っている。

ふたりとも本当に、気分を良くさせるのが上手だ。

そんなふうに談笑しながら、箸を進める。

「それで、挙式の日取りは決まったの？」

食後の緑茶がやってきた頃、隼人さんは湯呑みを口にしながら思い出したように言った。

「――まだ。K市のグランツがオープンしたら、そこで挙げる予定だよ。せっかくの式だから、準備に時間をかけたいし」

その答えに隼人さんは少しだけ唸《うな》って、スーツのポケットから手帳を取り出し、目を通す。

「オープンは二ヶ月半後だろう？」

たぶんスケジュールが空いているか確認してくれているんだろうけれど……離れたところから見ても、スケジュール帳は真っ黒になるほど埋まっていて、これ以上書くスペースがないことがわかる。

すぐるさんもそれに気づいたらしい。

「空けられそう？」

「空けるよ。決まったら早めに連絡くれると嬉しい」

「もちろんだよ」

「それにしても、そこから挙式の計画を立てるなんて、なんだか子供のほうが先になりそうだな……」

え……!?

手帳を見ながら、隼人さんが何気なくそうつぶやいたのが聞こえて――

「――こっ……？」

――子供⁉


つい、声を上げてふたりの会話を遮《さえぎ》ってしまう。

慌てて口を押さえる私に、「おっと、失礼」と口を押さえて上品に微笑む隼人さん。

「ごめんね。仲の良さそうなふたりなら、そういうこともあるんじゃないかと思っただけ。悪いことじゃないよ？　俺もふたりの赤ちゃん早く見たいし」

「は、はぁ……」

なんて言えばいいんだろうか。口下手な自分が本当に嫌になる。

実をいうと、同居をはじめた日の夜に、子供について『もう少しお互いを知ってからにしようね』と言われている。

子供はとても好きだから早く欲しいなと思っていたけれども、彼がそう思うならと了承した。結婚式もまだ挙げていないし、当然だと思う。なによりふたりの意思は大切だ。

まだです、と言っていいのか、ありがとうと流すのがベストなのか。

差し支えない言葉を探していると――

「――大丈夫だよ。俺もその辺りはちゃんと考えているから。もう少しさえを独り占めしてからでも、遅くはないだろう？」

すぐるさんがさり気なくフォローしてくれた。その場しのぎかもしれないが、とても助かる。本当にそう思ってくれていたら嬉しいのだけれど。

「また、惚気《のろけ》てきたな。まさか、こうも変わるとはな」

「あぁ、俺も驚いているよ」

うまくかわしたすぐるさんは、キョトンとする私を見つめてふわりと笑うけれど――

――変わる？

隼人さんの言葉になにも思い当たることがなく、ちんぷんかんぷんだった。

「隼人も早く相手が見つかるといいな」

「兄さんにそれを言われる日がくるとはなぁー」

満足気なすぐるさんの言葉に、そろそろ呆れてきたのか隼人さんは苦笑気味だ。

そんなに昔のすぐるさんは違ったのだろうか？

気になるけれど、口を挟む勇気はない。隼人さんの気遣いで注文してもらった食後の抹茶ムースに手を付ける。

うん、濃厚な深い味わい……とてもおいしい。

だけど、そんな和気あいあいとした団欒《だんらん》の最中だった。

「ほんと……数年前までは『俺は結婚なんてするつもりない』って言って家族を困らせていたくせに……、すごい変わりようだよ」

何気なく隼人さんが口にしたセリフに驚き、ムースをすくった私の手がピタリと止まる。

――え、そうだったの？

咄嗟《とっさ》に顔を上げると、隼人さんは悪気がない感じでムースに手を伸ばしていた。一方、すぐるさんは私の視線から逃げるようにうつむいて、手元を見つめている。

どことなく気まずそうだ。

「どうなるのかと思ったが、本当に良かった」

しかし、それには気づいてない様子の隼人さんは、とっても気分が良さそうに続けていて――

「今じゃー、あの冴えないカタブツの頃が考えられないな」とか、「あの頃は、笑えたよなぁ」なんて笑いながら言い放つ。

やがて、隣のすぐるさんが、カチャ……と箸を置く音がして、異変を察知した隼人さんの声がようやく止まる。

「どうしたの？」

「……その辺にしておいてくれ。昔の話なんて、今ここでしたって楽しくないだろう……」

すぐるさんの声が若干低くなった気がする。いつもと違ったその様子に、私の心臓は不穏に速まるけれど、隼人さんは慣れているのか、さして気にしていない様子だ。

「まぁ、喜ばしいことなんだからいいだろう！　冴えなかった兄さんが、ようやく人を好きになってさ――」

「隼人――」

すぐるさんが鋭く名前を呼んだその瞬間、テーブルの上のスマートフォンが【ピピピ】とけたたましく鳴り響いて、ふたりの声を遮《さえぎ》る。

鳴っているのはすぐるさんのものだ。

彼は一呼吸おいたあと、静かにスマートフォンの画面を確認する。

「……すまない、仕事の電話だから少し席を外す」

そして、素っ気なくスマートフォンを耳に押しあてながら、そのまま個室を出ていってしまった。

その背中に拒絶に近いものを感じた。部屋が静かなせいか、私の心臓の音が大きく聞こえる。

「……なんだ？　照れたのかな……？」

襖《ふすま》が閉まった途端、同じく彼の変化を感じたらしい隼人さんがぽつりとつぶやくけれど。

照れた……？　いや、そうは見えない。怒るともなんか違うし。言うなれば、焦っているように見える。

まだ数ヶ月しかともに過ごしていないけれど、あんなに感情をあらわにするすぐるさんは初めて見た。

あんな素敵な人だもの、過去に交際相手がいたり、好きな人がいたりしてもおかしなことではない。むしろ、いないほうがおかしい。結婚観だって、昔と今で違っていたとしても、おかしいことではないはずだ。

なのに、あのピリッとした空気はなんだろう？　私には知られたくない何かがあるのだろうか？

いろんな憶測が脳内を飛び交う。

『大道寺さんが咲笑に話すのを――』

そのとき。ふいに、カフェでのみゆきの声が脳内に蘇《よみがえ》った。

もしかして……みゆきが電話で話していたことと関連しているとか？

「――あ、あの、隼人さん」

「ん？」

そう思い立ち、咄嗟《とっさ》に話しかけてしまった。

隼人さんは湯呑みを傾ける手を止めて、こちらに意識を向ける。

「すぐるさんは、昔なにかあったんですか……？」

目を丸くする隼人さん。

「その……ようやく人を好きになってとか、どうのって――」

うっ、やっぱり聞くのはまずかったかな……。

本人がいないところで話すのが良くないのはわかっている。このまま聞き流すのが礼儀だろう。

けれども……あの様子を見てしまうと、みゆきの言っていたことも相まって、なおさら気になってしまう。本人を問いただす度胸もない私には、隼人さんに聞くことが一番良い案のように思えた。

「……あぁ、ごめん。中途半端なことを言ったから気になるよね。あれは違うよ。兄さんが生真面目すぎて心配だったって話なんだ」

話してくれないかと思ったが、意外にも隼人さんは教えてくれた。

「生真面目……」

すぐるさんは普通に真面目だけど。そういうことじゃなくて……？

「聞いているでしょう？　確か三年くらい前だっけ？　兄さん、咲笑ちゃんに恋して生まれ変わったじゃん。その頃のこと。今でも当時の写真、大切に持っているって言っていたよ。俺は見せてもらったことないけどね」

ドクン……と心臓が嫌な音を立てる。

三年前……？　当時の写真……？　なんのこと……？

彼が言っていることに、まったく心当たりがない。わからない。

「だから俺、冴えない兄さんを変えてくれてありがとう、ってずっと咲笑ちゃんに言いたかったんだ。兄さんはなんだか照れていたみたいだけど……。本当にありがとう」

隼人さんは、呆然とする私を気に止めず、両手を膝に乗せて、丁寧に頭を下げた。

その姿を見て、私は大きなハンマーで後頭部をガツンと殴られたような衝撃を受ける。

え、ちょっと待って。彼は勘違いをしているんだ。

身に覚えのない話に、私は慌てて腰を浮かせた。

「……頭なんて下げないでください。なんのことでしょう……私、なにもしていませんから。すぐるさんも、照れとかじゃなくて――」

「そんなことないよ、咲笑ちゃんが兄さんと出会わなかったら大道寺家はどうなったことか」

本当のことを告げるが、事実を知らない彼にはちっとも話が届かない。

そんなとても嬉しそうな隼人さんを前にして、なにをどう伝えればいいのかもわからず、紡ごうとしていた言葉は、喉の奥に消えていく。

隼人さんはその後もニコニコしながら何かを言っていたけれども、もう私の耳に届くものはなにもなかった。

「――す、すみません……ちょっと化粧室に行ってきますね」

「咲笑ちゃん……？」

私は精一杯の笑顔を浮かべ、バッグを持って個室を飛び出した。この収拾がつかない感情をどうしていいのかわからず、これ以上あの場で笑っていられる気がしなかった。


無人のパウダースペースに逃げ込み、大きな鏡の前に座り込む。腰を落ち着けると、津波のような疑問と動揺が押し寄せてきた。

頭の中がうまく整理できない。一体どういうことだろう。

すぐるさんには三年前から好きな人がいて、今でも写真を持ち歩くほど、その人が好きなの……？

衝撃的な言葉がぐるぐると脳内を回る。

隼人さんがどう聞いたのかは知らないけれど、私とすぐるさんがはじめて出会ったのは、数ヶ月前のシンガポールでの婚活パーティーだ。大道寺のご両親にも、その事実はきちんと伝えてある。だから……すぐるさんを変えたのも、写真として持ち歩くくらい好きなその人も――無論、私ではない。

ズキズキと心が焼けるように痛みだす。

膝の上でスカートを握りしめたまま、ぼんやりと鏡に映る自分と向き合い、震える呼吸をゆっくり落ち着かせる。

つまり——

『俺と〝利害一致婚〟しませんか？』

甘い口説き文句はすべて建前で、本当は早急に結婚したかっただけということ……？

ご両親と隼人さんで受けている報告が違うのは、きっと彼ら兄弟の仲が良くて、なんでも言い合えるからだろう。

なぜ隼人さんが私を、〝好きな人〟だと勘違いしたのかはわからない。

けれども、あんなふうにプロポーズしてくるくらいだ。きっとなんらかの事情で、すぐるさんは好きな人とは結婚ができないのだろう。

隼人さんが嘘をついているようには思えなかったし、あの時、みゆきがコソコソ電話していたことを踏まえると——

会ったばかりの私を結婚相手に選んだ理由も。嘘でも『好き』と言ってもらえない理由も。子供を先延ばしにしている理由だって。

信じたくはないけれど、彼にとってこれは割り切った結婚だから……？

そこまで考えて、慌てて鏡の前で頭を振る私。

——ああ、だめだめ！

まだ、本人の口から聞いたわけではない。隼人さんだって知ったふうに話していたけれども、やむを得ない理由からすぐるさんが彼に嘘を吐いた可能性だって……ある。

とにかく、彼がなにかを秘めているのは確かだ。

憶測で話を進めても、なにも解決なんてしない。

椅子からガタンッと立ち上がって、鏡の中の自分をまっすぐに見つめる。

『誰よりも君を幸せにする』

これまでのすぐるさんの言葉がすべて嘘だなんて思いたくない。デートのときにでも、勇気を出して聞いてみよう……！

◇

「——ごめんね、さえ。デートしようって言っていたのに、結局仕事が入ってしまって……」

そう決意したものの、現実はそううまくいかないもので……

「はは、大丈夫ですよ。また今度埋め合わせをしてください」

ちゃんと笑えているだろうか。申し訳なさそうに自宅まで車を走らせるすぐるさんを、必死に気遣う。

私が化粧室から戻ってすぐに食事会は終わり、隼人さんとは料亭で解散した。そして、すぐるさんにかかってきた電話は、都内のホテルからの呼び出しだったようだ。

出鼻をくじかれた私は、膝から崩れ落ちそうになったが、こればかりは仕方ない。すぐるさんだって、こんな形で約束を破ることは本意ではないはずだ。

しかし同時に、ホッとした自分がいるのも事実で……。すでに私の中では、さっきまでの意気込みがしゅるしゅるとしぼみつつある。

はぁ……、私ってばほんと、意気地なし。小心者っ……！

すぐるさんに気づかれないように、車窓を見ながら助手席でそっと息を吐く。

車は大通りを抜けて、私たちの住むレジデンスのある住宅街に入る。敷地内のロータリーに静かに停車すると、私はすぐさまクラッチバッグを手に取って、逃げるようにドアの取手に手を掛ける。

「——送ってくださり、ありがとうございます。お仕事頑張ってくださいね」

「あ……さえ、待って」

ぐっと肩を掴まれて、反射的に振り向いた。

その瞬間、長い睫毛《まつげ》が近づき、チュッと唇を盗まれ、彼のしなやかな腕が私の心ごと体をぎゅっと包み込む。

すぐるさん……

大好きな香りに包まれて、つい、涙が滲《にじ》みそうになるのを慌てて止めた。

どうしようもなく……彼のことが、好きだ。

「今日は本当にごめん。埋め合わせは必ずするよ。帰りは遅くなるから、先に眠ってるんだよ」

「……ふふ、わかってますよ」

どうにか笑顔で車から降りた私は、レジデンスのロビーから彼の車が見えなくなるまで、ずっと見送った。

そして、車が見えなくなった途端、背後にあったベンチに、糸の切れた人形のようにポスンと腰を下ろす。

……バカだな。今、一言聞いちゃえば良かったじゃん。

『すぐるさん、好きな人がいるんですか？』って。

でも、その反対側ではもうひとりの自分が甘く囁《ささや》いている。

このまま知らないふりしちゃいなよ。下手したら、すぐるさんと一緒にいられなくなるんだよ？　って。

——これは自業自得だ。彼の気持ちが見えないまま、プロポーズを受けたのは私だから。

今にも雨が降りそうな重苦しい梅雨《つゆ》の空を見上げ、私は途方に暮れた。

第五章　小道の弟と取材とオジサンと

悶々《もんもん》としながらも日々はあっという間に過ぎてゆき、気づけば梅雨《つゆ》が明けていた。

季節は太陽がギラギラと照りつける夏を迎えていた。

すぐるさんは相変わらず忙しかった。本社で業務をこなしながらも、突然プライベートジェット機で海外出張へ行くこともしばしば。この頃はホテルのオープンに加え、ホテル業界の繁忙期ともいえるお盆休みが来月に差し迫っているためか、家にいる間もほとんど書斎でパソコンと向き合っていた。

寝る間もないほどのハードスケジュールとは、まさにこのことだろう。それなのにすぐるさんはまったく疲れた様子を見せず、逆に私を気遣ってくれていた。けれども私は彼の体調を心配しつつも、その裏側に隠れる気持ちを、たびたび読み取ろうとしてしまっていた。そんな自分が、ものすごく嫌だった。

そう、私はまだ彼に聞くことができておらず……変わらない毎日を送っていたのだ。

意気地のない自分にヤキモキしつつも、この生活が続いていることに安心感を覚えている。知りたいのに、知るのが怖い。

矛盾しているのは自分が一番わかっているのに、どうすることもできない。

ことが動き出したのは、そんな日々が続いていたある夜のことだった――


「――さえ、電話だよ」

この日は珍しく早めに帰宅していたすぐるさんが、就寝前のカモミールティーを淹《い》れている私にスマートフォンを手渡してくれる。

「ありがとうございます」

誰だろ……？

スクリーンを確認すると、表示されていた名前は、都内に住むふたつ下の弟――小道咲人《さくと》だった。

時刻は十一時。こんな時間に、それも電話なんてどうしたのだろう。だいたいメッセージアプリでやりとりをしているのに。不思議に思いながらも、すぐに画面をタップして耳に当てる。

「もしもし……」

『あ、咲笑ねぇ！　良かった、起きてた！』

なんだか、いつになく食い気味な声。

「……いきなりどうしたの？　咲《さく》」

『こんな時間にごめん。ちょっと、お願いがあってさ――』

カップにカモミールティーを注ぎながら、咲人の話に相槌《あいづち》を返していると、思わぬ依頼をされて目を剥《む》いた。

「――え？　すぐるさんを貸してほしい⁉」

思わず素《す》っ頓狂《とんきょう》な声が出てしまった。

――直後、たまたまこの日はリビングで仕事をしていたすぐるさんが、キッチンの私を振り返るのが視界に入る。

いけない。邪魔してしまう。

お茶を出したあと、桃色のワンピース型のルームウェアを翻《ひるがえ》し、日用品置き場となっているサービスルームに移動した。念のため、声を潜めて返事をする。

「……それは、一体どういうこと――？」

『実は――』

昔から文章を書くことが好きな弟の咲人は、大学の文学部を卒業後、出版社に入社し、雑誌編集職についている。現在担当している雑誌は、児童向け月刊誌。数ヶ月前からそこの職業紹介コーナーの記事をひとりで任されているらしいんだけれど。

話をしていくうちに、もしや……と咲人が電話してきた理由を察した。

『ホテル業界の最先端を駆け抜ける優さんに、取材させてもらいたい』

懇願《こんがん》するような声を聞きながら、思った通りだと息を吐く。

『子供向けにわかりやすく仕事内容を紹介して、どうやったら優さんみたいになれるかっていうのを書かせてもらいたいんだ。インタビューだけで、掲載されるのはイラストのみ。撮影もないから、隙間時間にカフェとかで話を聞かせてもらうだけで構わないんだけど……咲笑ねぇから見て、優さんやってくれそうかな？』

必死な弟の様子にぐらりと揺れつつも、最近のすぐるさんの仕事状況を思うと言葉に詰まる。

「えっと……」

今のすぐるさんは、咲人の仕事に付き合う暇があるなら『少しでもいいから休んで』と言いたくなるような無休の生活だ。同じ家で生活していても、結局私が寝落ちしてしまって、顔を合わさずに一日を終える日だって少なくない。

さらに、この結婚は彼にとって割り切ったものかもしれない、という情報が加われば、なおのこと。たとえ弟のお願いだとしても、すぐるさんに相談する選択も、勇気も、みるみるうちに削がれていく。

せめて、もう少し彼に時間があるときのほうが……

「咲、申し訳ないけど、すぐるさん、今とっても忙しくて――」

そのときだった。スマートフォンが、突然手からスルンとなくなった。

――え⁉

いや、なくなったのではない。

驚いて顔を上げた私の背後に、いたずらっぽい顔をしたすぐるさんがいた。その手には、私のスマートフォンが握られている。

奪い取ったスマートフォンを耳に当て「――もしもし？　咲人くん？」なんて言いながら、リビングのほうへ移動してしまう。私は軽くパニック状態だ。

「え、すぐるさん！　待って……」

取り返そうと思ってあとを追いかけるが、彼は私の手を器用に避け、構わず話を進めていく。

「うん、うん、久しぶりだね、結納以来かな？　……え、雑誌のインタビュー？　へぇ、児童向けの……？　そういうことなら構わないよ。咲人くんの仕事なら、ぜひとも協力したい」

「――!?」

彼があっさり了解の返事をしたことに目を剥《む》いた。弟に協力してもらえて嬉しい反面、無理をしていないか、はたまたそれは本心なのかとハラハラしてすぐるさんを見つめる。

しかし、そんな私の心中とは裏腹に、彼は親身に相槌《あいづち》を打ち、話を続ける。

「――そうだな。さすがに今は難しいし、かといってグランツのオープンまではいつ時間が取れるかわからないな……。あ、でも、再来週頃に二日間ほど休暇を設けてもらえるよう申請しているところなんだ」

再来週頃……？　その瞬間すぐるさんの目じりが、私を見て優しげに緩む。

へ……？

「うん、ああ、わかった。了解。休暇が決まったら、また連絡する」

そう何度か相槌《あいづち》を繰り返したあと、彼はスムーズに約束を取り付け、通話を終える。ポカーンとしている私の手に、やっとスマートフォンが戻ってきた。

「あ、あの、忙しいのに……ほんとに、大丈夫ですか？　それも、うちの弟の依頼なんて……。それより、少し休んだほうがいいのでは……」

「――それは全然問題ない。ただ、さえ、ちょっとここに座って」

すぐるさんは、真剣な顔つきで私の両肩を掴んでソファに座らせる。

もしかして、なにか怒らせるようなことをしてしまったの？

しかし、そんな思いもつかの間、隣に腰を下ろしたすぐるさんにギュッと抱き寄せられた。シルクのナイトウェア越しに、彼の胸元に触れる。

感じる温もりと彼の香りに息が震える。

「さえ……俺のことを心配してくれるのは嬉しいよ。だけど、こういうときは気軽に相談していいんだ。難しいときは、難しいと俺が判断する。しかし、そうでなければ、家族である咲人くんの力になりたいと思う」

かぞ、く……？

「すぐるさん……」

突然の言葉にふいに顔を上げる。そこには穏やかで優しいすぐるさんの眼差しがあった。

反射的に、義理立てや義務感からそんなふうに考えているのかと思ったけれど、彼の表情はそうではなさそう。

胸の奥がじぃんと熱くなる。

「――それと、もうひとつ」

私の身体を解放し、両肩に手を乗せたすぐるさんは、まっすぐに私を見つめた。

「最近のさえは、なにか不安があるように見える。俺に、なにか言いたいことがあるんじゃない？」

ドキリッと胸が音を立てる。

匂わせるようなことは、一度だってしていないはずなのに。すぐるさんはやっぱり、周りをよく見ている。

どうしよう。心配そうに歪む綺麗な顔を見つめ返しながら、ゴクリと喉を鳴らす。

でも、これってチャンスだよね。今ここで聞いてみるべきでは……？

自分から聞いてきたんだ。隼人さんとの食事のときのような態度はとらないはず。

それに『さえに聞かれて困ることなんてひとつもない』って言っていたよね？

よし、今度こそっ……。咲笑、しっかり聞くのよ。

「……いえ、そんなこと……ありません」

だけど――あぁ、まただ。そう意気込んでいたはずなのに……何度目だろう。

結局、この生活を壊すのが怖い私は、いつもこんな調子で、言えないんだ。

私のバカ、意気地なし。

「――そうか」

その瞬間、すぐるさんはものすごく悲しそうな顔で私を見つめていた。

ズキンと心臓に杭を打ち込まれたような息苦しさが走る。

そんな顔をさせたいわけじゃないのに……

「言いたくないなら、無理には聞かないが……、ここ最近の君は、どこか俺と距離を取ろうとしているようにも見えてね」

再び彼の両腕が私の背中に回って、私たちの距離がゼロになる。

私、そんなことをしていたの？　自分では気づかなかった。

「……俺じゃ力不足？」

彼の胸から響く苦しくて切なそうな声。その声に泣きたい気持ちになる。

そんなわけない。私がいつだってそばにいてほしいのは、すぐるさんだけだ。大好きで、大好きで……だから、こんなに切なくて苦しくて仕方ないんだ。

彼が私のことを好きだったら、どんなに嬉しいことか……

「すぐるさんのことは、誰よりも頼りにしていますよ。邪魔しちゃいけないと思って、無意識に離れようとしていたのかもしれませんね……すみません」

そう笑顔でごまかすと、さらに胸が痛んでそれとなく体を離す。

「そうか……。気遣わせてすまない。このままなら再来週休暇をもらえる予定だから、取材を終えたあと今度こそデートしよう？」

「デート……？」

「そ。この前、埋め合わせると約束しただろう？　今度こそ一日中、さえのことを独占させてほしい」

単純な私は、その一言で幸福感で胸を締め付けられる。

たとえ自分が一番じゃなくても、そばにいられる。それだけで幸せだ。

「……ありがとうございます、楽しみです」

「なら良かった。それに、そろそろさえに、話さなければならないこともあってね」

え……？

満面の笑みがその一瞬、かすかに曇ったことを見逃さなかった。

「少し驚かせるかもしれないが、その日ディナーをしながらでも聞いてほしい」

「わかり、ました」

熱くなっていた胸が急激に冷えていく。

話って……なに？

喜びの最中、不安と恐怖が心の芯をぎゅっと掴んできて、なおさら苦しい。

再び、みゆきのセリフが頭をよぎった。

『大道寺さんが咲笑に話すのを――』

とうとう、好きな人がいるという宣告をされるんだろうか？　想像するだけで、心にナイフが突き刺さるように痛む。

わかっている。まだそうと決まったわけではない。悪いほうへ考えるのはやめよう。

そう言い聞かせながら、もう一度伸びてきた彼の腕の中で目を閉じ、動揺の波が過ぎ去るのをしばし待つのだった。

◇

――それから二週間後の八月初旬。

そうこうしているうちに、咲人との約束の日がやってきた。

あれだけ悶々《もんもん》としていたのに、ちゃっかりクローゼットから夏らしい白シャツと花柄レーススカートというデート服を選び取っていた。

今は、予定通り二日間のお休みをもらえたすぐるさんとともに、都内にあるカフェに向かっているところだ。

「十一時、時間ちょうどだね」

駐車場からカフェまでの道のり。すぐるさんはブルーのシャツから伸びる腕につけた、腕時計に目をやる。さりげなく手を繋がれ、ふたりで並んで歩く。黒のパンツから伸びる長い足は、いつも通り私に歩幅を合わせてくれている。

取材後そのままデートに行こうと言われ、私も同行することになっていた。

「さっき、咲から店内にいるってメッセージがきていました」

「そうか。咲人くんに会えるのも楽しみだが……デート楽しみだね」

久しぶりの休日であることもあり、とてもご機嫌なすぐるさん。私は終始笑顔で相槌《あいづち》を打つが、胸中ではさまざまな感情が入り乱れている。

だめだめ。今は考えないようにしよう。

脳内にチラつく『今夜の話』を必死に追い出して、足を精一杯動かす。

咲人が指定したのは、住宅街にひっそりと佇《たたず》むカフェだった。珈琲の香ばしい香りが立ち込めており、店の佇まいも相まって、少し敷居が高く感じた。

さほど広くない店内に足を踏み入れると、ポロシャツにスラックスといった、上品なクールビズ仕様の咲人がにこやかに迎えてくれた。

「すぐるさん！　咲笑ねぇ！　こっちです！」

カウンターとテーブルセットが数組しかない店内は、ちょっぴり薄暗くて、客は私たちだけのようだ。おそらく咲人が気を利かせてくれたのだろう。

仕切りのある奥の席に通されて、アンティーク調のテーブルを挟んで席に着いた。

しばし再会を喜び合い、イチオシのブレンドコーヒーがやってきたタイミングで、咲人が改まったように口を開く。

「今日はお忙しいところすみません、すぐるさん」

「問題ないよ、むしろ二週間も待たせて申し訳ない」

柔らかな笑顔で応じるすぐるさんに、咲人は恐縮したように頭を下げた。

「いえいえ！　早くてもひと月後とかになるかなと考えていたんで、かえってラッキーでした！　俺の知人にホスピタリティ産業のやつがいないもので、お時間をいただけてありがたいです……！」

咲笑ねぇも、ありがとうね！」

「私はなにもしてないよ、今日もついてきただけだし」

人懐っこい笑みを浮かべて私にも気を遣う弟に応える。

ライトブラウンの短髪、ぱっちりした目。高すぎない鼻。こぢんまりした平凡顔で私と瓜ふたつなものの、母譲りの柔軟な社交性の持ち主でもある――弟、咲人。

お互い家を離れてからは、年に数回実家で顔を合わせるくらいになってしまった。最後に会ったのは……確か、結納のときかな？　活発な弟に押され気味ではあるけれど、割と仲がいいほうだ。

「私、席外さなくて平気？　写真とかもないし」

「もちろん大丈夫だよ、写真とかもないし。ここにいても大丈夫なの？」あ、でも、書き起こすのに録らせてもらうから、咲笑ねぇがギャーギャー騒がなければ、の話ね」

「……うるさくなんてしないよ、大人なのに」

一応同行の許可は得ていたけれども、念のためもう一度確認すると、家にいるときのように軽口で返してくる咲人。

つい、唇をとがらせると、隣のすぐるさんからクスクスと笑い声が聞こえてくる。

恥ずかしい。子供っぽいって思われちゃうじゃない。

そんなふうにして、和やかな雑談の延長で取材がはじまった。


一時間後。

「これで、取材は終わりです。ありがとうございました」

「いいえ、考えさせられる質問ばかりで、こちらも楽しませてもらったよ」

テーブルの上の、レコーダーやメモ帳などを片付けながら、何度も頭を下げる咲人。すぐるさんもにこやかに応じる。

小中学生や保護者を読者に持つ雑誌なので、質問は至って単純なものが多かった。仕事内容はもちろん、すぐるさんが目指す方向性や、この業界に進むための進路についての質問もあった。まさに夢見る子供を応援するための取材内容だった。

すぐるさんは、そのひとつひとつに仕事への熱意や過去の経験を絡めながら丁寧に答え、私たちを終始魅了した。とても勉強になったし、彼のストイックさが伝わる答えで、とてもいい記事になると思う。

なかでも印象的だったのは、『仕事をしていて、自分を変えた大きなできごとはありましたか?』という質問の答えだ。

彼は過去に思いを馳せるように、こう答えた。

『仕事ではないんだが……とあるパーティーで、他の参加者とぶつかってワインをこぼしてしまったことがあってね……。うまくフォローしてあげられなかったことかな。カッコ悪い話だが、そのときの俺はとても動揺してしまった。……普段ホスピタリティ産業に携わる身として、まだまだ未熟だと思い知らされたよ』

未熟だと言う割に、そのときの彼の表情はとても暖かく満ち足りていた。

きっと大切な思い出なんだろう。

――しかし、ワインかぁ。

さっきのすぐるさんを思い返していると、私もある記憶が蘇《よみがえ》りそうになった。

あぁ。まずい。

思い出したくないので、慌てて気を紛らわせようとする。

「ねぇ、咲笑ねぇ。さっきのすぐるさんのワインの話を聞いて、なにか思い出すことない？」

それを知ってか知らずか、空気の読めない弟が愉快そうにそう言い出した。

視線を上げると、咲人の顔は意地悪くにやけている。すぐるさんの前で、わざと情けないエピソードを口にしようとしているのだ。

「昔の失敗談なんて、わざわざ掘り返さなくていいの」

「別にいいじゃん、おもしろいことなんだし」

全然おもしろくなんかない。すぐるさんに幻滅されたらどうするの。

無視して、取材後に注文した食事を口に運ぶ。

「すぐるさんの前じゃ、気の利くおしとやかな女性を演じているみたいだから、間抜けなところを俺が披露《ひろう》しておく必要があるかな、と思ってさ」

「そんなことしなくていいの！」

と食事を挟んで姉弟でにらみ合っていると、すぐるさんが爽やかに会話に混じってきた。

「さえの昔話か。きっと今と変わらず愛らしかったんだろうな」

「すぐるさん……っ」

咲人はさらに調子づいて、私が一瞬怯《ひる》んだすきを逃さずに口を開いた。

「咲笑ねぇ、何年か前、はじめて出席したパーティーで、派手に転んで知らないオジサンにワインをかけちゃったんですよ」

やだ……。やめて……！

「言わなくていいって言ってるじゃない！」

「ちゃんと謝罪したのかって聞いたら『握手』して許してもらえたとか、よくわかんないこと言い出して――」

私の制止の声に構わず、咲人は話し続ける。

焦燥に似た感情が、じわじわと足元から駆け上がってくる。

きっと彼の好きな人は完璧で素敵な人に違いない。こんな失敗をしてしまう自分とは比べものにならないだろう。その事実を突きつけられるようで、ひどく惨めな気持ちになった。

わざわざこんなときに言わなくてもいいじゃないっ。

「――オジサンがいい人で良かったものの、怖い人だったらどうなっていたことか――」

「いい加減にしてっ！　やめて！　もう……あんなこと思い出したくないから、やめてよっ……！」

調子に乗り出した咲人を、ついに、本気になって止めてしまう。

途端、ふたりの視線が突き刺さり、異様な沈黙が貫く。

まずいっ、やってしまった……

はたと我に返ったものの、もう引き返せない。

けれども、すぐにカタンとすぐ隣で椅子が音をたてた。

その音に顔を上げると、なぜか、すぐるさんが席を立っていた。

「……ああ、話の途中にすまない。取材中に本社から電話が来ていたらしい。連絡してくるから、ふたりはこのままランチを続けていて」

彼はスマートフォンの画面を見ながら、いつも通り柔らかく微笑んだ。

よく聞いていていなかったのだろうか、会話にはまったく触れられなかった。かえって違和感を覚えてしまうほどいつも通りだ。

ホッとしつつも、少し引っかかる。

「あ、はい……」

すぐるさんが入口に向かって数歩歩いたとき、バサッと黒いなにかが床に落ちた。手帳だろうか。

私が手をのばすよりも早く、咲人がサッと拾い上げて声をかける。

「すぐるさん、手帳落としましたよ」

——すると、すぐるさんは弾かれたように振り向いて、

「……悪いね、ありがとう」

手帳を受け取ってスーツのポケットにしまい、そのまま店を出て行く。外で電話をかけるのだろうけど。

少し慌てている？　いや、気のせいだよね。

その後ろ姿を、咲人はなぜだかじっと見つめた。

「俺……すぐるさんと、どこかで会ったことがあるような気がするんだよなぁ～」

閉まった扉を見て数秒後、ぽつりとつぶやく。

「え？」

なに言っているの？

「嘘だと思ってるでしょ」

私の心を読んだのか、咲人はムッと眉を寄せる。

「だって、すぐるさんみたいなセレブと、平凡な私たち姉弟が、どこで会うって言うの？　歳だって離れているし、行く店だって違うだろうし、あり得ないよ」

ホテル王とも言える大企業経営者の御曹司の彼と、普通に生活していて出会うわけがない。たった今、余計な話をされた恨みもあり、ついつい口調がきつくなる。

「まぁそうだけど。でも、なんとなく……。てゆーか、そんなセレブとどうやって会ったわけ？　前から付き合ってたとか、絶対嘘だろう？」

――ギクリ！　痛い追及に、心臓が縮み上がる。

小道家には、私たちがシンガポールの婚活パーティーで出会ったことを話していない。

結婚の挨拶前にふたりで話し合い、口うるさい母への対策として、〝三年間のお付き合いをしていた彼氏〟をすぐるさんにすり替えることにしたのだ。

咲人には真実を伝えてもいいかな？　と思っていた。けれども、すぐるさんに〝好きな人〟がいるとわかった今、後ろめたくて言い出しにくい。

「陵介くんのお友達だから、出会えただけだよ」

そう伝えて、話を終わらせようとした矢先、なぜだか咲人の目が取材のときのように輝いた。

「もしかして、それかな⁉」

「……それ？」

「さっきの、あんなセレブとどこで出会うのかって話だよ。何年か前に、陵介さんが俺らを社長就任パーティーに呼んでくれたじゃん！　そこで見たのかなー。てか、もしかしたら、咲笑ねぇがメガネのオジサンにワインをかけちゃった場面も見られているかもしれないよ？」

確かにその可能性もあると思い、ヒヤリとする。しかし、ニヤニヤと笑いだした意地の悪い弟に、またもや年甲斐もなくムキになる。

「もう！　さっきから！　人の失敗を笑うなんて最低だよ。だいたい、あのときは咲を追ってて――」


――そう、あれは、確か三年前のこと。

T&Yへの入社直前、都内のホテルで行われた陵介くんの社長就任のパーティーに、「俺も行きたい〜！」とせがむ咲人と一緒に参加した。

まだトモキと出会う前だった私は、オシャレする機会なんてなかった。パーティーの前の週にみゆきに付き合ってもらい、シンプルな黒のドレスとパンプスを急遽購入し、どうにかこうにか参加したのだ。けれども、その日はとにかくついていなかった。

『うわぁ、咲笑ねぇ、めちゃくちゃ靴ずれしてるじゃん！　これじゃあ、生まれたての小鹿みたいなわけだよ……』

私の足を確認した咲人は、顔を顰《しか》めた。

店員さんに勧められ、断れずに購入した、十センチヒールのストラップサンダル。両足の踵《かかと》と小指が真っ赤に擦りむけ、痛々しいことになっていた。

どうにかごまかそうと思っていたけれど、妙な歩き方をしていたらしく、咲人に気づかれてしまった。

『大丈夫だよ。せっかく招待してもらったんだから、美味しいものをいただいてこようよ。時間は限られてるんだから』

食事が並べられたテーブルのほうへ咲人を促す。痛い足を我慢して腕をぐいぐい引っ張るが、咲人は首を振った。

『いいよ、俺が持ってくるからここで待っててよ！　行ってくる！』

咲人は私を壁際に立たせ、素早く会場の人混みの中に消えてしまった。

『え、ちょっと咲！　大丈夫だってば――』

咲人を追いかけようとしたところで、さらなる悲劇に襲われたのだ。

『――っきゃあ！』

今度はヒールが絨毯《じゅうたん》に引っかかり、ぐらりと身体が前方に傾く。衝撃に備えて身体を硬くしたそのとき、優しい両腕にふわりと抱きとめられた。

『……おっと、大丈夫ですか？』

声をかけられてハッとする。しかし、顔を上げる前に、自分が持っていたグラスのワインで男性のスーツとシャツがぐっしょり濡れていることに気づき、私は盛大にパニックを起こす。

『す、すみません！　どうしよう……！　ワインがっ――』

近くのボーイさんからタオルをもらって必死に押し当てるものの、赤ワインのシミなんてそう簡単に取れるものではない。

男性は至って冷静で「それよりあなたのドレスのほうが」と優しく気にかけてくれたが、もはやそれどころではなかった。

結局、ホテル側の厚意により、スーツのクリーニングと代替品を用意してくれることになった。だけどホッとしながら、お詫びのつもりでクリーニング代を渡そうとすると、男性は丁寧に断わったのだ。

『クリーニング代？　お気持ちだけで結構です、いりませんよ』

『そんなわけには行きません……』

『なら――』

ワインで汚れたスーツがこちらに近づいてきたと思ったら、震える手をそっと握られ、握手をされた。

『あなたと、また、お会いできますように』

『あ……』

手が離れた瞬間、私は初めて男性の顔を見た。

ヒョロリと高い背。かけている眼鏡が隠れそうなほどの、分厚くて長い前髪。顎には無精髭。個性的な外見だったけれども、とても紳士的でスマートな方だったのを覚えている。

『咲笑ねぇ！　なにやらかしたの⁉』

そのとき、ちょうど咲人が戻ってきたんだ。

そしてそのすきに、彼はボーイさんとともに去ってしまったのだった——


「……咲笑ねぇって本当に昔から、おっとりしてるっていうか、鈍臭《どんくさ》いっていうか……。まぁ、オジサンが優しい人で良かったんじゃない？」

オジサン……と咲人は言うけれど、私は自分のことでいっぱいいっぱいになっていて、相手の顔はほとんど記憶にない。

それに、初めて参加したパーティーで転んだ上に、知らない男性に大迷惑をかけるだなんて、恥ずかしくて申し訳なくて、忘れてしまいたい事件だ。

もちろん優しく対応してくれた男性には、今でもすごく感謝しているけれど……そうだとしても！

「もう、すぐるさんの前でそういうこと言うの、やめてよね」

「そんな気にしなくて大丈夫じゃない？　すぐるさん、咲笑ねぇにゾッコンみたいだし」

なにを言ってるの？　口にはせずに、ジロリと目で問いかける。

「さっき、落とした手帳。写真みたいなのが挟んであったよ。ふたりの写真でしょ？」

写真……？

その瞬間、冷たい刃物を押し当てられたみたいに心が冷えていくのを感じた。

料亭での隼人さんの声が蘇《よみがえ》る。

『写真、大切に持っているって言ってたよ――』

彼の好きな人の写真だ……。本当に持っていたんだ。それも、いつも肌身離さず持っている手帳に。

一気に不安が押し寄せてきて、グラリとよろめきそうになる。

今夜の話――

やっぱり、離婚してほしいとか言われるのだろうか。

「咲笑ねぇ？　どうかした？」

「あ……ううん、なんでもない」

――ダメダメ。悪いほうには考えないようにしよう。

デートくらい楽しまないと。すぐるさん、久々の休みであんなに楽しそうなんだもの。

そう自分に言い聞かせて、私は沈もうとする思考を振り払うことに徹したのだった。

第六章　デートと写真とアイシテルと

それから、ほどなくしてすぐるさんが戻ってきて、まだ仕事があるという咲人とはカフェで解散した。

その後の予定については、〝デート〟としか聞いていなかったが、「さぁ乗って」という彼に促され、車に揺られること三十分。連れてこられたのは、帝国国際クルーズターミナルだった。太陽光が水面にチカチカと反射して眩しい。

「こ、これは……？」

てっきり映画を観たり、ショッピングをしたりするのかと思っていた私は、目の前に浮かぶ大きな豪華客船を見て目を丸くした。

感じていた不安や気掛かりだったことも、どこかへ吹き飛びそうだ。

「これも、大道寺《うち》で行う事業のひとつなんだ。ここなら、誰にも邪魔をされずにデートができると思ってね」

数年前、大道寺グループがクルーズ事業をはじめると、聞いたことがあったが……。

「邪魔、されない……？」

どういうこと？

「あぁ。呼び出されても地上に帰るのは、翌日だからね？　今日は呼び出しに応じられないと、秘書にも伝えてある」

いたずらっぽい顔でそう宣言する彼に、甘く胸を打たれる。こんな状況なのも相まって、一緒にいられるのが嬉しくて仕方ない。

「すぐるさん……」

「寂しい思いをさせないと言ったのに、ひとりにさせてばかりで申し訳ない……。今日と明日は、俺とずっと一緒に過ごしてくれないか？」

目が回るほど忙しいのに、そんなことを気にしてくれていたんだ。

「嬉しい……。客船は初めてなので、いろいろ案内してもらえますか？」

差し出された手に、自らの手をそっと重ねた。

すべて忘れよう。

今だけは、私だけのすぐるさんだよね。

優しく手を握られ、そっと引かれる。すぐるさんのエスコートのもと、着飾った人々とともに広大な客船に足を踏み入れたのだった。

◇

客船内は、想像以上にゴージャスな上に、船とは思えないほどの広さを誇っていた。

たとえるなら、ひとつの『街』があるような感覚だ。

優美なロケーションのもと、いたるところで多彩なイベントが行われていて、異世界に迷い込んだような気分になる。

すぐるさんは圧倒される私の手を引き、慣れたように船内を回る。

貸し切りのＶＩＰシアタールームで、私の好きな映画を大画面で観賞したり。デッキに移動し、美しいサンセットに見惚《みと》れながら、人目から隠れるようにして甘いキスを交わしたり。

そして、プレゼントされた総レースの黒のドレスに着替え、管弦楽団の奏でる美しい旋律に酔いしれる。

「……なんだか夢みたいな時間でした……」

「さえに喜んでもらえて、なによりだよ」

――入船から四時間後の十八時。

有名な管弦楽団がパフォーマンスを終えた大ホールで、私は荘重な奏楽の余韻に浸っている。

周囲もまだ興奮が冷めやらぬようで、ザワザワしていた。

予想を遥かに超える、セレブ度の高すぎるデートに気分が高揚して、頭がふわふわしている。

これまで忙しい彼とのデートは、都内でのショッピングや、高級レストランでの食事、夜景の観覧などが主だった。だから、まさかこんなに特別なひとときを用意してもらえているとは思わず、喜びをどう表現していいのかわからない。

「楽しんでもらえたようで、良かったよ」

すぐるさんは満足気に微笑んで、手を差し伸べてくれる。

「じゃぁ、ディナーにいこうか？」

その瞬間、一気に現実に引き戻された。

「……はい」と手を繋ぎ、エスコートを受ける。

このあとなにが待っているか、想像はついていた。でも、きちんと向き合わねば。

◇

夜景の見えるとてもラグジュアリーな雰囲気のレストランだった。頭上で煌々《こうこう》と輝くシャンデリア。赤い絨毯《じゅうたん》にカーテン。テーブルを彩るのは、有名ブランドの食器に載る、イタリアンのコース料理。

「どう？　口に合うかな？」

前菜には白アスパラガスのビアンコ・マンジャーレを。プリモには、バジルの香るショートパスタのジェノベーゼソース。セコンドには子牛のソテー。どれも彩り豊かで、ディテールまで凝った一級品だった。

もちろん美味しい。けれども今の私は、このあとに待つすぐるさんの話を思うとどうしても憂鬱《ゆううつ》になり、胸がつかえたようだった。そのせいであまり味を感じられなかったが、全力で笑顔を浮かべた。

「綺麗な上にこんなに美味しいなんて、ビックリしちゃって」

「……それなら良かった。昔、ここの事業を担当したときに、料理に魅了されてね。それからたまにひとりで通っていたんだ。さえが一緒だと、より一層美味しく感じるなぁ」

「素敵な夜をありがとうございます。私もすぐるさんと一緒だと、美味しいです」

そう告げるとふわりと嬉しそうに微笑む彼。私の胸は罪悪感で軋《きし》む。

そして、コース料理をどうにかやり過ごし、食後のコーヒーがやってきた頃。

「――さえ……」

すぐるさんが、改まったように襟《えり》を正す。

――ああ、きた。

祈るような気持ちで彼の瞳を見つめる。重なる視線はとても静かで、お互い真剣なのだとわかった。

「はい」と小さく返事をして、続く言葉を待つ。覚悟はできている。

そして葛藤するかのように、すぐるさんは随分と長い間をおいてから口を開いた。

「――……明日はどこか行きたい場所はあるかな？　君が望むデートをしたいと思うんだが」

しかし、彼の口から出てきた言葉は、日常の会話となんら変わりないものだった。

……え？

肩透かしをくらった気分になり、固まる私。

「船上でも、下船後でもいい。もちろん都内じゃなくてもいいよ」

さらにまくし立てるように続けられ、どうしていいのかわからなくなる。

さっきのぎこちない間は、気のせいだったというの？　いや、そんなわけないよね。

すぐるさんは常になく、動揺する私などお構いなしだ。

「あそこの店のデザート、さえが好きそうだったよ」とか。

「あのブランドの服をさえに着せてみたいと思っていたんだ」とか。

「今度はシンガポール以外にも旅行に行きたいな～」とか。

なにかから逃げるように、彼は次々に話を変えてくる。いつになく口数が多い。

ごまかされているような、そんな違和感を覚えるのは気のせいだろうか？

そんな思いでじっと彼を見つめる。視線が絡まり、どうしたの？　と、すぐるさんはいつもみたいに優しく微笑んだ。

「この前言っていた『驚かせるかもしれない』っていうお話は……？」

引っ込み思案な自分が、こんなふうに核心をついた話をするとは自分でも思わなかった。でも、これ以上宙ぶらりんでいるのは辛い。

どういう内容であれ、受け止める覚悟で来たのだ。

ここで決着をつけるつもりで、彼から言葉を引き出そうとするものの――

「……あぁ、これがそうだよ。デートの場所をじっくりさえと話し合いたくてね」

しかし、彼の返事は、さらなる違和感を招いた。

――『そんなわけない』

咄嗟《とっさ》にそう思うものの、断言されてしまったのでそれ以上追及できなくなった。しかし、頭の中で警報のような音が鳴り続けている。

どうしたらいいのだろう。気弱な私でも、さすがに疑問の目を向けずにはいられない。

すぐるさんは、テーブルの上にある私の手を自分の手ですっぽりと包んだ。

「そういえば、驚かせると言っていたのか。気にやませてしまったかな。ただ、君のやりたいことを聞きたかっただけなんだ。さえはいつも自分の気持ちをなかなか言葉にしてくれないから……。紛らわしい言い方をして悪かったね」

そう穏やかに言って、いつもの王子様のように微笑む。

表情や仕草にちっとも動揺は見えない。いつも通りのすぐるさん。

これが本当なら、とても嬉しいが、こんなことで〝話がある〟なんて言うだろうか？

モヤモヤする気持ちが心のなかで大きくなっていく。

「さぁ、食事も終えたし、デッキにいこう。デートの打ち合わせはそこでもできる。ここからの夜景は格別なんだ、さえに見せたい」

「え、あの……」

すぐるさんは手の甲にキスを落とし、その手を引いて、颯爽《さっそう》と甲板へと連れ出そうとする。

釈然としないながらも、有無を言わせない彼の勢いに、ついていくしかなかった。

◇

「寒くなかった？」

「いえ、全然。素敵な夜景をありがとうございました」

――それから一時間ほどして。

甲板で宝石のような東京湾の夜景をたっぷりと堪能したあと、今夜宿泊する〝インペリアルスイート〟と書かれた部屋に案内してくれた。

夜景を見ている間もすぐるさんは終始楽しそうで、硬い表情になることも、話を切り出そうとする素振りもなかった。

私にさっきのことを蒸し返す度胸はなく、上の空なまま時間が流れた。

とはいえ、あれが彼のしたかった話には到底思えないんだよね……

足を前に進めると、雰囲気のあるオレンジ色のライトが、船上とは思えない広々としたスイートルームを照らす。

部屋の隅っこには、スーツケースがふたつ。すぐるさんが私の目を盗んで準備してきてくれたんだろう。困惑まみれの心がわずかに温まる。

「先にシャワーを浴びておいで、俺は少しやることがあるから」

スーツケースからタブレット端末を取り出したところを見ると、お仕事だろう。

「……では、すみませんが、先にいただきます」

私は重い足を動かし、備え付けのバスローブを手に浴室へ向かう。

鏡を見て、はぁ、とため息がこぼれた。

腑に落ちない反面、好きな人がいるという真実を聞かされずにすんで、ホッとしている自分がいる。

きちんと問いただして、向き合えばいいだけなのに。それをためらい、少しでも長く今の穏やかな関係でいたいと考えている自分が、ほんと嫌だ。

三十分ほどで入浴を済ませて部屋に戻ると、彼はまだ端末と向き合っていた。いつものように時間の感覚を忘れているんだろう。

「すぐるさん、シャワーどうぞ」

声をかけると「ああ、もうそんなに時間が経っていたのか」といつも通りの返事をしながら、私の額にちゅっと唇を押し付け浴室へ行く。

その背中を見送り、シャワーの音が聞こえたところで、私は脱衣スペースに向かう。

「脱いだ服、あっちに持っていきますね」

中にいる彼へ声をかけて、衣類を抱えてリビングルームに戻る。

確か、ランドリーサービスがあったよね？　帰宅後のことを思うと利用しておきたいな。

さっき確認したルームサービス表を思い起こしながら、ふたりの脱いだ洋服をまとめた。そして、それらを手にしたままバスケットを求めて部屋を右往左往していた、そのときだった。

――パサッ。

足元になにかが落ちる。

視線を向けて、一瞬息が止まった。

すぐるさんの黒革の手帳だ。

昼間のカフェでの記憶が蘇《よみがえ》った。

『さっき、落とした手帳。写真みたいなのが挟んであったよ』

『兄さん、今でも当時の写真、大切に持っているって言っていたよ』

隼人さんの言葉も思い出す。

咲人の言う通り、黒革の手帳からは、写真の縁らしきものがはみ出している。

——これに、彼の好きな人が写っている……？

洗濯物をソファに置いて、拾い上げた手帳を手にしたまま、しばし悩む。

写真の女性はどんな人なのだろう……

胸がふさがれたように苦しくなる。

人の物を勝手に見ることが良くないことはわかっている。それに、これを見れば、私は深く傷つくのだろう。好きな人の好きな人を知っても、なにもいいことはない。

だけど……。そんな思いとは裏腹に、すぐるさんがずっと思い続けている相手が気になって仕方ない。

——ごめんっ、すぐるさん。

思い立って開こうとした、その瞬間。

「——さえ、なにしてるの」

スポンと手帳が手の中から姿を消してしまった。

いや、違う。消えたんじゃない。顔を上げると、バスローブ姿のすぐるさんが黒革のそれを手にしたまま、静かに私を見下ろしていた。

同時にポタッと彼の髪から、首筋に垂れてきた水滴。漂う同じシャンプーの香り。感情の読めない眼差し。

ドクン、ドクン、鼓動が早鐘を打つ。

タイミングが、悪すぎる。

「ごめん、なさい……。写真みたいなものが見えて、気になっちゃって」

素直に謝罪しつつ、あえて写真と口にして彼の反応を窺《うかが》う。できればなんでもないことだと安心したい。無意識の行動だ。

「……写真？　見間違いだよ、さえ。これは仕事用の手帳だ。写真なんて入っていないよ」

だけど、返ってきたのは明らかな嘘。彼が「写真」という単語に動揺したように目を見開いたのに、私は気づいてしまった。頭から冷水を浴びせられた気分になる。

「いえ、だって……」

さすがにぷるぷると首を横に振ったが。

「仕事用の手帳に、そんなもの入れているわけないよ」

すぐるさんは笑顔で嘘を吐くと、そのままスーツケースの中にテキパキと手帳を片付けてしまう。

まるで、触るなと言わんばかりの背中に、声をかけられない。心が真っ黒に塗りつぶされ、谷底に突き落とされたような気分だ……

見え透いた嘘をつく理由なんて、今の私にはひとつしか考えられない。

やっぱりこれは好きな人の写真で、彼のしたかった〝話〟も本当はこのことだった——ということ。

優しい彼のことだから、私を目の前にして打ち明けるのが心苦しくなったのかもしれない。

そう思い知ると、恐れていたものがすべて結びつき、これまで我慢していた負の感情たちが、目まぐるしくうごめきだす。

〝利害一致婚〟って、やっぱりそういう意味だったんだろうか……？

しょせん私は身代わりで、彼にとってこれは割り切った結婚だったのだ。

ずっとずっと、こんなふうに一方通行な思いを抱いて、生きていかなければならないのだろうか。

そして、代わりが必要なくなったとき、私は一体——

体の一部が、ひとつ、またひとつ、もがれていくような痛みを覚える。呼吸をするのが苦しい。負の感情が生まれてやまない。どうしよう。

「……さえ？」

気づいたら、ベッドで明日の準備をしているすぐるさんに、後ろからギュッと抱きついていた。

ふわふわのバスローブの背中に額を押し付けると、心なしか速い彼の心音が伝わってくる。

ただ好きな人と愛し合って、これからも一緒にいたいだけなのに。なんでこんなに、うまくいかないのだろう。

「――さえ……どうしたの？」

身じろぎをして、なにも言わない私を心配そうに振り返ったすぐるさん。

――私は無言のまま、彼のバスローブの胸元をグッと引き寄せて、形のいい唇に自らの唇を押し付けた。

「ちょっ――んっ」

戸惑いながらも、優しく私の体を支え、キスを受け入れてくれるすぐるさん。

それをいいことにさらに背伸びをして深く唇を重ねると、大きな手のひらが頭を支えるように抱き、なだめるように髪を撫でながら、とろけるようなキスをしてくれた。

受け入れてもらえた、という安堵が心に広がる。

けど……どうしよう。これじゃ足りない。全然満たされない。

キスをしたまま、めいっぱいすぐるさんの胸に体重をかけて、彼の後方にある大きなキングサイズのベッドに、ふたりで倒れ込んだ。

「おっと！　……さえ、ほんとにどうし――」

反射的に起き上がろうとした彼の肩をベッドに押しつけ、もう一度唇をふさいで、今度はおずおずと舌を絡める。こんなことをするのははじめてだけれど……もう、無我夢中だった。

ぴちゃぴちゃと舌が絡む音が、客室内に響く。

知らず知らずのうちにすぐるさんから教え込まれた、ふたりが気持ち良くなれるキス。今すぐ、すぐるさんとひとつになりたい。そうすれば、不安は和らぐはずだ……。彼に触れて、この体が壊れてしまいそうな不安を軽減させたい――

「――さえ、積極的なのは嬉しいけど……どうしたの？」

――はじめは私が主導権を握っていたはずなのに、いつの間にか濡れた瞳にほんのり困惑を滲ませたすぐるさんが、私に覆いかぶさっていた。

わずかな間接照明に照らされる、上品な肉食獣のような色気。こんな状況でも、私の胸は痛いほどにドキドキしている。

「……こうして一緒にいられるの久しぶりたから、早く愛し合いたくて……」

もっともらしいことを言いながら、彼のバスローブの紐に手を伸ばし、そっと解く。それから、硬い胸板から腹筋、おへそ、そしてその下へとゆっくり手のひらを滑らせる。下着のなかですでに硬さを増していた一部に触れると、すぐるさんが息を詰めた。

体だけを繋げても、なにも解決しないのはわかっている。でもこの時間だけは、すぐるさんが私一人を見てくれるから……

張り上げたソレを指の背でツーッと撫でトろす。

今までになく大胆な私を見て、彼が小さく息を漏らすのが伝わってきた。

「……っ、本当は、メインディッシュはとっておく派なんだけど。さえから求められるなんて、嬉しくてただの獣になりそうだな――」

唇が落ちてきて、舌を絡められる。

「んっ……ふぅっ」

「しかし、なにか裏がありそうだな……。さえ。なにか、不安があるんじゃないの？」

唇を離し、すぐるさんは大きな手で髪や頬を撫でながら、私の心に真摯にうったえかけてくる。

彼は本当に人の変化に気づく人だ。

真っ向から向けられる、愛おしいものを見るかのような眼差し。

しかし、そんなわけない……。私は、舞い上がりそうになる気持ちを抑え込んだ。

「ありませんよ。すぐるさんと早く繋がりたいって思うのはいけませんか……？」

彼の首に抱きつき、精一杯微笑んで、彼の中の不信感を掻き消そうとする。

私は本当に意気地なしだ……

「嬉しいよ、さえ。……嬉しくてどうかなりそうだ」

だけど、感極まったように強く強く抱きしめ、耳元で吐息をこぼすすぐるさん。私の嘘に騙されてくれたようだった。

彼がどうしてそんなにホッとするのかはわからないが、それを聞いて――私は心を痛めながらも安堵してしまった。

「煽ったからには覚悟してね、可愛い奥さん。心も体も、俺でいっぱいにしてあげる」

その場を盛り上げるためのセリフだとわかっていても、体は猛烈に熱くなる。

ありがとう、すぐるさん。

早く、なにも考えられないくらい、あなたでいっぱいにして――

余裕のない手付きでバスローブが落とされ、熱い唇が肌の上を滑る。

私を一糸まとわぬ姿にし、すぐるさんも鬱陶《うっとう》しそうに自身のローブを剥ぎ取った。大きな手、熱い舌で、現れた私の素肌に触れていく。

「もうこんなに体、熱くして……早く食べてくれって言っているみたいだね」

耳元で囁《ささや》いたあと、胸の真ん中を嬉しそうにくちゅくちゅ口に含んで吸い付いてくる。

口の中が熱い。すぐるさんも興奮してくれているんだ……。

「んっ、だって……本当に触れてほしかったから……」

「──興奮しすぎて、頭がおかしくなりそうだな」

「──んっ……」

さらに昂ぶったのか、彼は私の頭を抱え深く口付けてきた。

シーツに私の身体を押し付け、舌をねじ込む。触れ合った舌が逃げるのを防ぐように奥からねっとり絡ませては、唾液を飲み干す。

──こうして与えられる快楽に忠実になると、不安や恐怖が薄れていくような気がした。

「焦らなくても今から食らい尽くしてあげるから、大丈夫だよ」

唇が再び胸元に降りていき、円を描くように胸の色づいた部分を舌先でなぞる。

「あ……んっ」

「さえがお腹いっぱいだって言うまで溶かして……なにも考えられないくらい気持ち良くしてあげ

る――」

そう言って、ちゅるんと先端を吸い上げて私を見た。

「ひゃんっ！」

「ふふ、可愛い声」

いつだって欲しい言葉をくれるすぐるさん……

柔らかな髪を抱きしめながら、念入りな愛撫を受け入れた。

甘いアイスを食べているかのように私の胸を舐めていた舌が、今度はどんどん下りていく。

胸の下、脇、お腹からくびれの柔らかいところにいくつか花を咲かせ、それから腸骨のでっぱりを舐めまわしたあと、最後におへそを舌先でくすぐる。

「ふぁ……くすぐっ、たい……」

思わず腰がぶるりと震え、体をよじってしまう。

すぐるさんは、おへその横にチュウッと花を咲かせたあと、

「こっちも舐めたい――」

と囁《ささや》いて、私の身体をうつ伏せにしてしまう。そのまま、背中に覆いかぶさってきて、肩のあたりにチュッと吸いついた。

「ふぁっ」

「じっとしてて……」

熱くて滑らかな舌や唇の感触が、背中のくぼみを辿るようにして下りていく。

胸やおへそとは違って、見えないところを啄《ついば》んだり舐められたりすると、なんだかさっきよりもゾクゾクしたものがこみあげてくる。

「んあっ……なんかっ」

「……気持ちいい？　俺もさえの体、甘くて美味しいよ」

「味なんて……あっ」

「するよ」

すぐるさんは断言すると、辿り着いた尾骶骨《びていこつ》にチュッと吸いついた。

「ひゃん！」と跳ねて、振り返る私。

すると、そこには目じりをうんと優しく落としたすぐるさんがいた。

「さえの体はいい匂いがして、どこを舐めても柔らかくて甘い。本当に食べて、俺のなかに取り入れたくなる……」

舌で辿ってきた場所を大きな手のひらで愛おしげに撫でながら、宝物に向けるような柔らかな眼差しで私を見つめた。

その仕草に、言葉に、痛いほど胸が掻き乱されて、強張っていた心がみるみる柔らかく、丸みを帯びていくような感覚を味わった。嘘だとわかっているのに……。

……好きで、好きで……苦しい。

もうどうしようもないくらい、私はこの人のことが好きなんだ。

「ここも、食べさせて」

聞き入っている間に、両手で腰を掴まれ、お尻を撫でられる。

——なら……せめて、もっと愛されたい……

枕に顔を埋め、体を震わせながら、腰を高く上げた。

きっと、すでに感じ入っているソコからはトロリと恥ずかしい蜜があふれ、太腿を濡らしているだろう。

すぐるさんが私の内腿に手を当てて脚を開くと、案の定ぴちゃっと音がした。

「美味しそう……」

そのまま蜜の滴るソコを指で広げられ、後ろからすくい上げるようにして口づけられる。あふれた蜜を掻き出すように舐められると、甘い悪寒のようなものがこみ上げて、ビクビクと体を仰け反らせた。

すぐるさんの熱い舌が、優しくナカに入り込み執拗《しつよう》になぞる。

「あぁっ……んぁ……あ」

——きもちいい。奥がさらに溶けてあふれちゃう……

いつもなら恥ずかしくて仕方ない行為なのに、すぐるさんを求めて貪欲になる。

「腰が動いている……。もっとナカまで欲しそうだね」

濡れた声が耳に届いた直後——ツプン……っとなにかがナカに入ってきた。

「んあぁっ……」

ゆ、び……だ。長い指が蜜をまといわせながら奥まで入ってきて、私のナカの深いところをくちゅ、ぐちゃ……と音を立てながらゆっくり探りはじめる。

指の角度が少し変わるたびに、身体をよじりながら甘い声を上げてしまう。

「一気に根元まで呑み込んでる……すごいな、今日のさえは」

「……あ、あぁっ、っん……」

本当だ。いつもより……深いっ。

腕をぷるぷる震わせ、ベッドのシーツをキュッと掴む。

「挿れたらすぐにもっていかれそうだ」

そ、んなこと、言われたら……

ふと、いつも一心不乱に、私の上でゴツゴツと激しく腰を打ち付けるすぐるさんを思いだして、キュウッ……と、お腹に力が入ってしまった。

「ふふ、可愛い。想像したの？　締め付けて気持ちよさそうだよ」

指でナカをほぐしながら嬉しそうに聞いてくる。

「あぁっ……だってぇ、ぁんっ……」

たまらなく恥ずかしいのに、たまらなく気持ち良くなって……。指の動きに合わせて、もっともっとナカがうねっているのがわかる。

「恥ずかしがらずに言ってよ。さえが、俺にどうして欲しいのか、どう感じているのか知りたいんだ。さえが満たされると俺もすごく……満たされるから――」

優しい声が、今にも擦り切れそうな理性をひどく刺激する。

——どうして欲しいのか……？

すぐるさんはいつもこう言ってくれる。けれど、あまり素直な気持ちを口にしたことがなかった。だって、快楽に任せて口を開けば、感情が抑えられなくなって、とんでもないことを口走ってしまいそうで……。彼を困らせたらと思って、すごく怖かった……

でも、もう限界だ。

すぐるさんがそう言ってくれるなら……伝えてもいいだろうか……

熱のせいにして、伝えてしまっても……許されるだろうか。

そう考えているうちに、ぽろりと口からこぼれていた。

「……た、い……」

すぐるさんが指の動きを止めて、「ん？」と背後から顔を寄せてくる。

「っ……いっぱい、愛されたい……です」

小さく口にすると、すぐるさんの目が大きく見開かれる。

まずいかな、と思ったけれど、もう自分を止めることができなかった。

「すぐるさんにいっぱい触っていっぱい愛されると……すごく、幸せな気持ちになるんです……。だから、もっともっと愛されたい」

気まずくなって、ふにゃりと笑う。彼の形のいい唇が「さえ……」とわなないて、弾かれたように私に手を伸ばしてきた。

「その言い方はズルいよ……」

切羽詰《せっぱつ》まったように、ころりと仰向けにされると、ぎゅうっと正面から抱きしめられた。

――え？　すぐるさん？

そのまま強く強く背中をシーツに押し付けられ、深く深く口づけられた。

熱い舌が口内に侵入してきて、喉元で困惑していた私の舌を絡め取る。同時に、押し開かれた足の、中央のとろけた蜜口に再び指をグチュリと挿し入れられる。

「ふゃあん⁉」

いきなりの刺激に、情けない声がでてしまう。

「もう挿れたい……。むちゃくちゃに突きたいから、一度イって」

すぐるさんは掠れた声で懇願《こんがん》しながら、グチュ、グチュと指を動かし、その上にある一番敏感な蕾《つぼみ》を剥《む》いて、親指でヌルヌルとくすぐりだした。

「あっ、ちょっと待、んぅあぁ……！　っはぁ！　あ……そこはっ……！」

痺れたような刺激が頭を突き抜けて、大きな声が出た。

指を動かしながら――すぐるさんが顔の位置を下げ、胸の先端にきつく吸い付く。甘く噛んで、舐めて、片方が終わったと思えばもう片方。足の間も絶えず攻め立てられて。お腹の奥底からナニカがせり上がってくる。

「んああっ！　……あんっ……やぁっ……ぁあっ、おかしくなる」

すぐるさんの首に腕を巻きつけ、駆け上がってくる暴力的な快楽に喘ぎながら腰を浮かせた。

「なってよ……なって、もっと俺を求めて。俺だけを求めればいい」

すぐるさんっ、すぐるさんっ。

何度も彼の名前を呼びながら、抱きしめる腕に力を込めた。

不安や恐怖が和らぐのは、このひとときだけだって、わかっている。

それでも、離れたくなくて、ずっと一緒にいたい。

すぐるさんに好きな人がいたとしても……私の思いは、もう変えられない……

だから、せめて今だけは……私だけを愛して――

「あぁぁぁ――っ！」

深い絶頂の波に飲まれ、ビクンビクン、と大きく体を震わせる。心地よい疲労感に包まれながら、シーツの上で脱力する。瞼《まぶた》の裏でチカチカと星が飛び、はぁ、はぁ、と呼吸を整えていられたのは一瞬のことだった。

「挿れるよ」

すぐに避妊具を装着したすぐるさんが、余裕のない表情で、余韻が去り切らない私の体に熱い体を寄せてきた。隔てる薄いゴムの膜に、一瞬現実に引き戻されそうになりつつも、焦れたようにぐちゅりと蜜口に灼熱を押し付ける姿を見て、優越感に浸る。

「早く、きて……」

「――さえ……好きだ……」

遮るようにして、耳元でうわ言のように囁《ささや》かれた言葉。

「愛してる……」

目を見開いているうちに、ズプンッと。一気に深く体を押し開かれる――

「あぁぁっ――」

「あっ、――さえっ……さえっ……すきだっ」

顔を顰《しか》めたすぐるさんは私の腰を強く引き寄せ、堰《せき》を切ったように何度も強く激しく腰を打ち付けてきた。

いったん私の中から引きだして、さらに奥を求めるように、ゴチュン、ゴチュン！　と。切羽詰《せっぱつ》まったように勢いよくねじ込む。

最奥にすぐるさんの先端が届くたびに、脳内に閃光《せんこう》が走り、何度も意識が遠のいた。

「あぁん！　んあ！　あっ！」

「あぁ……、もっと……深くっ……君がほしいっ」

囁《ささや》く声はひどく切なげなのに、その手は私の腰を鷲掴《わしづか》みにしていて、凶暴な快楽から逃れることを許してくれない。

まるで、彼にも行き場のない、堪え切れない感情があるかのように、感情を吐き出すようにして、追い立てる。あっという間に高みへと誘われてしまう。

「あっ、あんっ！　……はぁっ、ん、また、きちゃぁっ……！」

「くっ……そんな、締められると……はっ」

私の全身が再び大きく仰け反ったその瞬間――

私の中の彼が大きくふくれあがり、何度か腰を叩き付けたあと、一番深い場所でドクドクと脈打つのが伝わってきた。

虚《うつ》ろな意識の中、彼の腕が私を抱きしめる。そのとき、もう一度言われたような気がした。

「さえ――愛してる」って。

私には、汗に濡れてるすぐるさんが……今にも泣きそうに見えた――

その後も続く貪欲な交わりで目の前が真っ白になっていく中で――その言葉だけが、頭の中で反響していた。

第七章　三年前とさえちゃんとヘタレな心

——俺はいったいなにをやっているんだ。

すべてを打ち明けるまで思いを告げるべきではない、そう決意していたのに——

気づけば、衝動的に口にしていた。

『さえ——愛してる』

求められた嬉しさのあまり、何度も体を重ねた挙句、勢いで思いを告げるとは……

あまりにも堪え性のない自分に頭を抱えたくなって、ぐしゃりと髪を掻き上げる。

思い悩んでいる素振りだったというのに……自己嫌悪の波にもまれる。

「いろいろと至らなくて……ごめん、さえ」

意識を手放すように眠りについた彼女をそっと抱き寄せ、額に唇を押し当てる。長い睫毛《まつげ》がピクリと動くものの、まるで眠り姫のように清楚で美しい彼女は、ついさっきまで続いた情事の疲労からか、まったく起きる気配はない。

負担になりたくはない。聞こえていないといいんだが……

本当は今日、すべてを打ち明けようとした。

『——あんなこと思い出したくないから、やめてよっ！』

さえの叫んだ悲鳴が、脳内でまだ反響している。俺にとっては美しく鮮やかな思い出でも、彼女にとっては違っていたようだ。

――俺が小道咲笑と出会ったのは、三年前。中等舎からの友人、向坂陵介の社長就任パーティーのときだった。

あの瞬間のことは、今でも鮮明に覚えている。

多くの参加者がいる華やかなパーティー会場だというのに、さえを視界に入れた瞬間、全身が痺れるような甘い衝撃に襲われたんだ――

「陵介！」

居ても立ってもいられなかった。

人がはけた頃合いを見計らって壇上での挨拶を終えた陵介のもとに走り寄る。

「おお、優！　来てくれてありがとう。どうしたの？」

「あれは誰だ？」

俺が、すかさず会場の隅っこで弟と話す彼女に視線を向ける。陵介もその先を追って、彼女を確認すると「あぁ、あの子ね」とすぐさま理解したように頷いた。

「『咲笑ちゃん』ね。俺の彼女の親友なんだよ。今日は弟くんと一緒に招待したんだ」

どこか自慢げに教えてくれた。

そりゃ、自慢のひとつもしたくなるだろう。

艶のあるさらりとした長い髪に、宝石のような輝きを放つ漆黒の大きな瞳。顔のパーツはこぢんまりしつつも、すべてバランス良く整っている。

すれ違えば誰もが振り返るだろう。真っ白な肌は無垢《むく》で、純真で、庇護欲を掻き立てられる……なんて尊い存在なんだ。

立場上、さまざまな女性を見てきたが、女性にこんな気持ちを抱くのは初めてだった。

着ているのは飾り気のない黒のパーティードレスなのだが、それがさらに彼女の美しさを引き立て、会場にいる誰よりも光輝いて見える。

この歳になってこういう表現するのは恥ずかしいが、俺には地上に舞い降りた天使のように見えた。

完全なる、一目惚れというやつだ。

「さえ……ちゃん」

名前も可愛らしい。隣に置いて〝さえ〟と呼んで終始甘やかしたいものだ。

「あんなに可愛いのに控え目でね、自分が地味で〝冴え〟ないと思っているんだよ。——あ、シャレじゃないよ？　……って、え？　まさか、優——」

俺の眼差しに気づいたらしい陵介は、冷やかしの目を向けてくる。

「あぁ、どうやらその、まさかみたいだ」

心臓に触れてみると、破れそうなほどに早鐘を打っている。今まで周囲の友人たちが『恋愛』だの『結婚』だのと騒いでいる様子を見てきたが、自分には縁のないものだと思っていた。

仕事一筋。そういった色恋沙汰は、活発な弟の隼人が担当で、将来は隼人の子供が企業を継げばいいとさえ思っていた。


しかし、こうも世界がガラリと変わるのか。

胸がひたすら熱い。彼女と話したい。どんな声なのだろうか。どんな香りが……

「――お!? お、おい、ちょっと待て」

すぐに『さえちゃん』のほうへ足を進めると、目の前に陵介が立ちはだかる。

「なんだ?」

邪魔をしないでくれ。

「優、君は大道寺グループの副社長だ。それもついこの前ホテル事業のCEOまで任されて、素晴らしい実力と肩書を持っていると思う! でも、それで咲笑ちゃんの隣に並ぶのは、……どうなんだ? もう少しどうにかできるだろう……?」

彼の人差し指は、俺のことを指さしているが、なにが悪いかサッパリわからない。

「なにが言いたいんだ」

陵介は俺の肩を抱き、都内の夜景が連なるガラス窓の前に連れてくる。そうしてガラスに反射した俺の姿を指差し「見ろ」と指摘する。

しかし、そこにいるのはいつもの俺。

これがどうした?

「分厚いぐるぐる眼鏡に、眼鏡を隠すほど長くて重苦しい前髪。極めつけには、無精髭だ。どう見ても二十代の、それも国際的企業の御曹司じゃないよ……。疲れきった中年のサラリーマンだ！」

…………

ぐるぐる眼鏡ではないと思ったが、それ以外はその通りなので、言葉に詰まる。

「……仕事においては、問題ないが？」

「仕事はね。でも恋愛は違う。仕事一筋だった君の初恋を応援してやりたいけど、傍から見たら美女と野獣。悪目立ちする。いくら心の優しい咲笑ちゃんでも、それじゃあ受け入れてくれるかわからないよ？」

容赦のない言葉が、グッサグッサと胸や頭に突き刺さる。

陵介の言うことは的を射ている。俺が彼女の隣に立つことで、良くない影響をもたらすのは本意じゃない。むしろ今の俺には害しか与えられないだろうが……

――いや、しかし……っ！

これを逃せば彼女と会う機会は、しばらく訪れないだろう。いくら陵介の知人とはいえ、だ。

黙って引き下がったら、後悔するに決まっている。

「とりあえず、話をするくらいなら構わないだろう……？」

「あぁ、でも彼女人見知りだから、あとでみゆきと三人で――って、おい！」

駆け上がってくる熱意を逃がすことのできない俺は、陵介の横をすり抜け、その先にいる『さえちゃん』のところまで一直線に向かった。

――ここで発生したのが、あのワインの事件だ。

そんなわけで、結局、当時の俺とさえがきちんと会話をすることは叶わなかった。

「ほら、替えの衣装だよ」

「あぁ、ありがとう……」

移動したゲストルームでぼんやりしていると、いつの間にか目の前に立っていた陵介が替えのシャツとスーツを投げて寄越す。

受け取って、ワイシャツのボタンを外し、ワインで汚れたスーツをノロノロ脱ぐ。

――が、俺の頭の中はさっき至近距離で触れ合ったばかりの『さえちゃん』のことでいっぱいだ。

あぁ、やばいな。これは完全にやられてる。目の前に彼女の姿はないのに、心臓はバクバクと速い鼓動を刻んだまま。

抱きとめた彼女はとても華奢で柔らかく、シャンプーのような甘い香りがした。今なら花の蜜に吸い寄せられる蝶の気持ちがわかる。

『すみません！　どうしよう……！　ワインがっ』

今にも泣きそうな顔で俺のスーツに触れる彼女の姿が、瞼《まぶた》の裏に焼き付いて離れない。

『待ってください……！　せめてクリーニング代だけでも……』

そう言って腕に触れた彼女に、たまらない気持ちになった。これで終わりにしたくない！　と、大声で叫びたくなった。

言葉では言い表せない、本能的ななにかが彼女を求めていたんだ。

しかし、陵介の言い分も忘れてはいない。あの時の俺に、こんなにも純粋で眩しい彼女を口説く度胸はなかった。

だから──ひとつの決意をした。

『──あなたと、また、お会いできますように』

『え……』

変なやつだと思っただろう。まあ、外見もコレだからな。

だが、それでいい。再会したとき、その変なやつが必死になって生まれ変わって、再び目の前に現れた。そんな笑い話になればいい。

「──で、身なりを整えたら、咲笑ちゃんに会わせてほしいと？」

俺はその決意を早速、陵介に伝えた。

「あぁ、頼んでもいいか？　陵介」

「もちろんだよ。優は、素材はすごくいいんだから、みんなもったいないって言ってただろ？」

「……そんなこと、言ってたか？」

「君は仕事脳だから聞いてないだけで、言ってたよ。まぁ、彼女も数日後からは社会人になって忙しいから、ちょうどいいかもな」

「悪いな、俺のほうもしばらく忙しいから、落ち着いたら連絡する」

快く背中を押してくれた陵介に感謝した。

俺は柄にもなく期待に胸を躍《おど》らせていた。

陵介のアドバイスを素直に受け、いい美容室を紹介してもらい髪を短く散髪した。

嗅ぎつけた隼人には、彼が『ダサい』と評していた厚底の眼鏡を、視界の開けるコンタクトレンズに変更することを勧められた。

そのときに根掘り葉掘り『さえちゃん』のことを聞かれたのは言うまでもない。俺は、存分に彼女の愛らしさについて語った。

少しは見られるようになっただろうか？

鏡を見ながら変化を確かめる自分を見て、思春期の中学生かと突っ込みたくなる。

——しかし、三ヶ月後。待っていた現実はそう甘くなかった。


「——恋人？」

「あぁ、悪いが……。咲笑ちゃんはあのあとすぐに、同期入社の彼から猛アプローチをされて付き合いはじめたみたいなんだ……」

申し訳なさそうな陵介を気遣う余裕もなく、愕然とした。

まぁ、それが普通だろう……。あれほど無垢《むく》で愛らしければ、男はすぐに近寄ってくる。

むしろ、こうなることを予測できなかった自分に腹立たしさを覚えた。

「そうか……。なら、仕方ないな」

本当であれば、『これからの人生を考えたら、俺を選んだほうが得策だ』と伝えたい。生活は保証するし、ひたすら贅沢をさせることも可能だ。もちろん彼女を傷つけることもしないと誓《ちか》う。

けれども、そう言えないのは、自分が感情に振り回されているとカタブツの頭で認識しているからで。

これを振りかざしたところで、彼女や陵介を困らせるだけと理解していた。

そうして、俺の初恋は呆気なく幕を閉じた。


――事態が急変したのは、三年後のことだった。

女性からのアプローチや縁談が急激に舞い込むようになった俺は、『さえちゃん』の残像から逃げるように、親の勧める相手と何度か交際を試みたりもした。――が、もちろん気持ちのない交際はどれも長続きしなかった。さらに心配した両親からは、山のような見合い写真が届くようになった。

『せっかくカッコ良くなったんだから、早く身を固めて安心させてちょうだい』

『そろそろグランツの百周年だ。変な女が寄り付く前に婚約をしろ。絶対だぞ？』

脳裏をよぎる両親の声。人の気も知らないで。俺だって、自分の立場はわかっているつもりだ。

そもそも前までは縁談など持ってこなかったというのに、調子が良すぎる。

そんな、催促の日々にウンザリしながら仕事に没頭していたときのことだった。

「よっ！　優、久しぶり」

「陵介。急にどうしたんだ……？」

「今、リニューアルイベントの打ち合わせをしてきた帰りでね。いきなり立ち寄ってごめん」

都内、大道寺グループ本社ビルの副社長室にて雑務処理を行っていたところ、秘書に連れられた陵介がひょっこり顔を出した。

仕事を中断し、秘書の用意したコーヒーを前に応接テーブルで向かい合う。

「なにかトラブルでもあったか？」

現在、陵介の企業には、シンガポール支部のグランツ・ハピネスのリニューアルに伴った、集客イベントを委託している。

これまでも、ラウンジスペースを利用したアート展やコンサートなどのイベントを委託してきたが、陵介自らここを訪ねてくるのは初めてのことだった。

「トラブルなんてないさ。『セレブとの婚活パーティー』は話題性抜群だし、女性参加者の応募をホームページで募ったらあっという間に満員御礼だよ。極めて順調。……ここに来たのは、ちょっとした報告があってね」

「……報告？」

陵介は妙に楽しそうだ。どうやら仕事のことではなさそう。

そして彼は数秒の間をおいてから、もったいぶるように口を開く。

「その前に、優……今って彼女いる？」

それと報告とやらになんの関係が？

「いや……もう一年以上いない」

何度か短い交際を重ね、恋愛に向かないタイプだということがわかってからは、仕事を理由に恋愛から遠ざかっている。

「——なら、以前俺の社長就任パーティーで会った咲笑ちゃんって覚えてる？」

——ドクンと心臓が跳ねる。

忘れるはずがない。あれほど全身が焦がれるような出会いは、もう二度と訪れないだろうと思っていたから。

「まぁ、覚えているに決まってるか。俺があげた写真、まだ手帳に入れてるもんなぁ」

そう言って、ニヤリと意地の悪い笑みを浮かべる陵介。

就任式の数日後、陵介から一枚の写真が郵送されてきた。

それは、俺の汚れたスーツに一生懸命タオルを当てている、俺とさえのツーショット写真だった。

誰が撮ったのかは聞くまでもない。

しかし、俺はそのからかい半分の写真を有り難く受け取り、写真を手帳に挟んで大切に持っていた。

砕け散った恋だったが、そうしていたら、またあの子に会えるような気がしたから。

「それで？　その『さえちゃん』が、どうしたんだ？」

「彼女が失恋して泣いていたら、優はどうするかなぁ、と思って。それも、親からは結婚を急かされて困っているとか――」

全身の血がザワザワと騒ぎ立てる。

――もしかして、彼女とまた、会えるのか……？

三年前、スーツがワインで汚れた際、泣きそうな顔で謝罪していた彼女を思い返し、切なさが胸を突き上げた。

天使のような無垢《むく》な面立ち。その美しい表情が失恋の涙に濡れる姿を想像すると、体がもがれるような思いだ。

俺なら絶対にそんな悲しい顔はさせない。

なにより、こんな好機を逃すわけにはいかないな。

「――シンガポールでやる婚活イベントの参加枠の空き状況は？」

冷静に問いかけると、陵介の口の端が楽しそうにつり上がる。

「――もちろん、優がやる気なら、ひとつずつ増やすけど？　俺が、君の初恋を邪魔したようなものだからね」

「あのことはもういい。ただ今回は、絶対に譲らない――」

彼女が欲しい。次こそは、俺のものにしたい。そんなふうにして、婚活パーティーを利用した、俺の三年越しの密やかな企みははじまった。

陵介とその彼女の協力により、さえをパーティーに招待し、俺と同じ番号のカードを持たせた。途中、さえが会場を飛び出すというアクシデントがあったが、それすらも利用することで彼女と距離を縮め、カジノのＶＩＰルームで、ショーを見ながら結婚を持ち掛けることができた。

そう――。これ以上ないほど、ことはトントン拍子に運んだ。

とはいえ、彼女にとっての俺は『初対面』であり心は未だ元恋人にある。結婚に踏み切ったのは、俺の猛プッシュと、さえ自身の事情、そして失恋という痛手があったおかげだ。

さえが『押しに弱い』とあらかじめ聞いていたため、意気地のない俺だがこのときばかりは必死だった。

『利害一致婚』という、理屈っぽい俺の包囲網でジリジリ追い込み、彼女の決意がグラリと揺れるのを冷静に見極めた。俺を見る目があまりにも切なげで、たまに好意と勘違いしそうになるが、そんなわけない、と心で頭を振って我慢した。控えめな彼女を強引に口説き落としたようなもので、彼女の気持ちが俺に向いている可能性は低いのだ。

奥底に秘めた長年の思いと冴えない俺の正体は、結婚生活が落ち着き、俺たちの距離が縮まってから、頃合いを見て告げるつもりだった。

――そうして今日、ようやく三年越しの思いを告げようとしたのだが……

『あんなこと思い出したくないから、やめてよっ！』

咲人に向けたその言葉を耳にした途端、あまりにも胸が痛んで、咄嗟《とっさ》に席を立ってしまった。

最近、彼女の様子がおかしくなったのは、俺の正体に勘付いたからでは？　と思っていたこともあった。

なにかを胸に秘めているけれど、なかなか打ち明けてくれない彼女。好意を伝えられたこともないし、未だに『元恋人』の残像が払拭できていない可能性もあるだろう。

だから、結婚を後悔している可能性は充分にあり得ると考えていて、俺はそれを掘り下げるのが怖かった。

そんな中でのこの事態。三年越しの思いは、この生活を守るために飲み込んだ。

『この前言っていた「驚かせるかもしれない」っていうお話は……』

『……あぁ、これがそうだよ。デートの場所をじっくりさえと話し合いたくてね』

『写真みたいなものが見えて……』

『見間違いだよ。これは仕事用の手帳だ』

俺は嘘ばっかりだな。

寝息を立てている彼女を腕の中にギュッと抱き直し、存在を確かめる。

あの冴えない男が自分の旦那だと知ったら、どんな顔をするのだろう……。離れて行ってしまうんだろうか。

君を失うくらいなら、あのときの俺たちの出会いは、なかったことにするべきなんだろうか。

◇

「それで、結局咲笑ちゃんに言えなかったと？」

大道寺グループ本社ビル。副社長室にて、次回のイベントの打ち合わせの帰りに、近況報告を聞きに立ち寄った陵介は、俺の報告を受けた途端「はぁーっ！」と応接用の大きなソファで大げさにうなだれる。

――船上デートから一週間。

あの翌日は遅めの朝食を口にしたあと、昼頃に下船し、彼女の希望通りの一日を過ごした。都内で観劇したあと、手を繋いで街をぶらつきながら、雑貨やキッチン用品を買った。帰りがけには食材を購入し、俺の希望したハンバーグを一緒に作り、笑顔で夕食を囲む。もちろん、この日も愛し合ってともに眠った。

前の日の夜、手帳のことを少し気にかけたり、自ら俺を求めてきたり、気になるところはあったが、あれからさえの様子はいつもと変わらないと思う。

――優しい彼女のことだから、俺に隠れてひとりで悩んでいる可能性もある。この結婚への後悔を……。でも俺はそこに触れる勇気がない。

「優は、咲笑ちゃんのことになると、異様にヘタレだよなー。その他に関してはグイグイいくくせに」

「……仕方ない、この生活を失いたくない」

陵介のテーブルを挟んだ対面に腰を落ち着け、秘書の用意したコーヒーに口をつける。

頭では理解している。もっとスマートなやり方があるはずだ、ということは。

ビジネスのように少し駆け引きして、相手の心理を探りながら自分の出方を考える。そのくらいのほうが互いに楽しめるんだろう。

だが、彼女のことになると、恐ろしいほど心に余裕がなくなるんだ。結婚までしたというのに。

自分がこんなにも、恋愛に不器用だとは思わなかった。

「まぁ確かに、咲人にオジサン扱いされた挙句、本人から『思い出したくない』なんて言われたら相当凹《へこ》むけどさ……」

グサリ……！

あのときは、ふたりからいきなり顔面フックを受けたような気分だった。

「でも、咲笑ちゃんは、本当にそういう意味で言ったのか？」

「どういうことだ？」

「彼女は人のことを悪く言う女性ではない。優のことを言ったんじゃないと思うんだよな」

「――」

俺もそう願いたいが、他にどんな意味があるんだ……

「それに」

陵介がためらいながらもなにかを言いかけたので、カップに落としていた視線を戻す。

「手帳を気にしていたのだってなんだか引っかかる……彼女、なにか知っているんじゃないのか？」

知っている……？

言いようのない不安が全身を駆け巡る。

もしさえが手帳に写真を挟んでいることを知っているのだとすれば、いつ、どうやって……？

「――ねぇ……その話どういうこと？」

突然背後から強張った声が聞こえ、振り返る。ドアが大きく開いていて、神妙な表情をした隼人が姿を現した。

「……隼人、もう帰国してたのか」

明日は確か役員会議だったな。

しかし、まったく聞こえていないようで、焦ったようにズカズカ副社長室に入室してきた隼人は、俺と陵介の間に立った。

「ごめん、聞こえちゃったんだけど、今の話って咲笑ちゃんのことだよね？　彼女、三年前の兄さんのこと知ってんじゃゃないの？」

まさか――。背筋がひんやりとした。

第八章　アルバムと告白と真実と

豪華客船でのデートから一週間。

私はいまだ脳裏で反響する、苦しげなすぐるさんのセリフに心を捕らわれたまま、日々を過ごしていた。

『――さえ……好きだ……』

『愛してる……』

幻聴ではないはずだ。あのとき、はっきりと聞こえたんだから。

彼はあの言葉を……どんな気持ちで言ったんだろうか。

掃除の手を止めて、小さくため息を吐く。

手帳の写真の件で、立ち直れないほどの深い絶望を味わうのかと思ったけれども。それよりも、あのときの今にも泣きそうなすぐるさんの声が耳にこびりついて離れない――

「ふぅ……。とりあえず家事を終わらせよ」

頭を切り替えて、再び広い家の掃除に取り掛かる。

お盆まであと一週間。すぐるさんは、国内ホテルの繁忙期に追われる一方で、九月初旬に迫ったK市のグランツ・ハピネスのオープンにむけて最終準備を進める日々だ。毎日帰宅は深夜、デート以降まともに顔を合わせていない。

どうにもあの夜、彼の『愛している』を聞いてから、これまでとは別の意味で『すぐるさん』という人に引っかかりを覚えはじめている。

一時は〝知るのが怖い〟と思っていた彼の本心と真実。それは彼に好きな人がいると思っていたからだったけれど、あの言葉を聞いてしまった今は、気になって仕方ない——

そのくらい彼の囁《ささや》きは、出口のない迷路に迷い込んだような、切実さを帯びていたから……

そのせいもあって、以前ほど『彼の好きな人』について悩むことは少なくなったが、その代わり、どことなくぼんやりした毎日を過ごしている。

【ピピッ】

軽い掃除と散らかっていたクローゼット内の衣装整理を終えたところで、スマートフォンが通知を知らせる。手にとって確認すると、先週取材で会ったばかりの咲人からのメッセージだった。

【母さんからの伝言~。終活で家の中を片付けているから、時間があるときに来いってさ。ちなみに俺は今日休みだから、これから行ってくる~】

そういえば、数日前に母から【次に来たら、自分の部屋を片付けてよ！】と耳の痛いメッセージが入っていたっけ。

誕生日を迎えて六十五歳になった母は、私の結婚を機に終活という名の断捨離に励んでいた。実家の私室を片付けるようにと、口酸っぱく言ってくる。

今日は、午後からみゆきの勤務先である化粧品店を訪れる約束だ。

そのあと、私も少し行ってこようかな。従姉妹《いとこ》へのおさがりを置いてきたいし。

先日のクローゼットの衣装整理で出てきた服の山を見て、決意する。

すぐるさんと結婚してから、落ち着いた女性らしいファッションを好むようになった。それもあって、実家から持参してきたカジュアル系の洋服はほとんど手を付けていないのが現状だ。

手早く残りの家事を済ませ、動きやすいチュニックとデニムに着替えた私は、まずは約束しているみゆきのもとへ向かった。


「どうしたのよ、そんな大荷物で……」

午後三時。駅ビルにあるT＆Yの化粧品売場。美容部員の制服姿で出迎えてくれた彼女は、大きな旅行バッグを抱えた私を見て目をまん丸くする。

「あぁ、これ、洋服が入っているんだ」

さっきの服の山をさらに整理して、あまり着ていない形の整った洋服を全部この中に入れてきた。

昔から年下の従姉妹《いとこ》とは、実家で服のやり取りをしている。

すぐるさんがことあるたびに洋服をプレゼントしてくれるので、クローゼットがあふれかえっていたのだ。今回着ない服を整理できたので、とてもスッキリしたように思う。

「まるで、実家にでも帰るみたいじゃない」

「ははっ。でも、このあと実家に行くのはホント。ちょっといろいろあってさ」

「……そうなの？」

なぜだかとても深刻そうな顔つきになるみゆき。彼女は仕事中なので、とりあえず今はそれ以上の説明はしなかった。

この約束をしたのは三日くらい前だっただろうか。

【カウンセリングとメイク、無料でやってあげるわよ】

みゆきから、家の近くの駅ビル内にあるT＆Yの店舗へ出張する予定ができたと、連絡が来たのだ。

新婚生活を窺《うかが》うようなやりとりを何度か交わしていたものの、電話を立ち聞きしてしまったカフェ以来の再会だ。

ずっと『好きな人』の影に脳を占領されて、どことなくみゆきや陵介くんに会うことを控えていたけれども、三日前に連絡をもらったときは、気分転換もしたいなとすんなりと了承した。

みゆきは鏡の前に私を座らせると、軽いカウンセリングと肌の診察を済ませ、慣れた手付きでメイクを施していく。

「咲笑の肌って本当に綺麗よね」

みゆきは化粧を落とした私の肌に触れながら、しみじみと言った。

「そう、かな？」

「そうよ。二十五でもね、こんな透き通った綺麗な肌の人ってなかなかいないよ？」

「特に手入れしてないんだけどなぁ――」

「ホント羨《うらや》ましい。結婚式までちゃんとこの状態を保たないとだめよ？」

「ふふ、ありがとう……〝できるかわからない〟けれど、頑張ってケアしてみる」

そんなに褒めてもらえるなんて、みゆきの勧めてくれるオールインワンクリームのおかげかなぁ？　私はあまり凝ったお手入れはできないタイプだ。

なんて鏡に映る自分の肌をチェックしていると、鏡越しにみゆきから視線を感じる。もの言いたげな表情。

どうしたんだろう？

「なにがあったかわからないけれど……、あとでゆっくり聞くわ」

「え？　うん、ありがとう？」

急にどうしたんだろう？　確かに悩んでいるけれども、そんな辛気臭い顔していたかな？　むしろこのやりとりが気分転換になっているのだけれども。

メイクは一時間ほどで終了し、お礼に持参したお菓子を差し入れて、みゆきとはその場で別れた。


それから電車に揺られて四十分ほど。見慣れた改札口を出ると、咲人が「咲笑ねぇー！　こっち！」と手を振って出迎えてくれた。変わらず都内にしてはのどかな風景に心が和む。

「ありがとう、タクシーで大丈夫だって言ったのに。わざわざ迎えに来てくれたんだ」

「この前取材に付き合ってもらったしね～。それに洋服持ってくるって聞いていたし。重いだろ？」

さりげなく旅行バッグを持ってくれる咲人。たまには優しい弟に感動した。

「これで恩を売って、またすぐるさんとのご縁をいただこうかな、と思って」

……やっぱり、打算的で意地悪な弟は健在だった。

「もう！　またそういうことを言う！」


「ただいま〜」

それからさらに咲人の運転に揺られること十分。築三十年の慣れ親しんだ実家に到着した。

ふたりで足を踏み入れた瞬間、ドタバタと激しい足音が近づいてきた。

「あら、咲笑！　おかえ――えぇ!?　なによ、その荷物は!?　大道寺さんと喧嘩!?　家出!?　出戻り!?」

相変わらず騒がしい母は、話を聞く前に、大きく騒ぎ立てる。まったく変わりない姿に呆れつつも、久しぶりに会ったためか懐かしくも感じた。

「違うよ、従姉妹《はーちゃん》に持ってきたの」

バッグを指差して従姉妹《いとこ》用だとアピールした途端「はぁ〜良かった、ビックリした……」とあからさまに胸を押さえて安堵する母。

ってていうか、これって出戻りの格好に見えるの……？　まったく意識してなかった。

もしかして、みゆきもそう勘違いした？　……いや、そんなわけないか。私が、すぐるさんのことを好きなのを、誰よりも知っているし。

「とりあえず入んなさい。自分たちの部屋、ふたりで片付けてくれる？　ものであふれかえっていて困ってるのよ。ちゃんと自分のうちがあるんだから、大事なものは持ち帰るように――」

こんな投げやりな感じだけれども、誕生日以来に家族が揃ったこともあり、この上なく上機嫌な様子だ。荷物を置くついでに、リビングの隅っこで肩身が狭そうにしている気弱な父に声をかけて、空き箱を手に二階へ向かう。


「そういえば、咲笑ねぇ。今日、優さんは？　もう五時過ぎだけど、夕飯の支度とか大丈夫なの？」

それから一時間くらい経過しただろうか。結婚前と変わらない部屋で、思い出の品々に触れていると、あらかた自室の片付けを終えた咲人が、私の部屋へ手伝いにやってきた。

「すぐるさんはここのところずっと忙しくて、帰りは深夜だよ」

「そういや、K市のグランツがオープンするのも、もう来月か……経営者も大変だよな～」

咲人は、私から手渡されたものをせっせと箱に詰めながら、ふいにつぶやく。

「オープンまではずっとこんな感じだと思う。当分、取材とかはだめだからね」

「わかってるよ。早く来月のオープンを迎えて、結婚式の準備に取りかかれるといいな」

そんな会話をしていると、「咲ーっ！」と母に呼ばれ、咲人は「はいはーい」と軽やかに部屋を出ていった。

——結婚式か。

そうか。もうオープンは来月に迫っているんだっけ。

手を動かしながら、心の中でそっと溜め息をこぼす。

彼の仕事が落ち着いたら、予定通り挙式の準備を行うのだろう。

もちろんそれが、当初よりの筋書きだし　私の求めていた展開だ。とても嬉しいし、この上なく幸せ。

けれども、頭のどこかで『このまま挙げてしまっていいの？』と問いかけるもうひとりの自分がいる。

本質から目をそらし、なにも起きないのをいいことに、知らないふりをしようとしてる私。

そして、もちろんそれは、すぐるさんにも言えること。

あの夜、今にも泣きそうな顔をしていたすぐるさんを思うと——私たちは、なにか、大切なもののボタンをかけ違えているような気がしてならない。お互いに本当の気持ちをぶつけ合わずして、ちゃんとした夫婦になれるのだろうか……。

「ほら、咲笑ねぇー！　サボんなよー。手動かして」

「わっ……！」

「はい、追加！」

一階から戻ってきた咲人の声にハッと我に返る。どこから持ってきたのか、大量のアルバムをドドーン、目の前に積み上げられた。

「うわ、これ……」

「アルバムは自分ち持っていけってさ。これは全部、咲笑ねぇのだから、持ってってよ？」

「ええ！」

最悪だ。自分で作成していた高校時代からのアルバムたち。友達同士で交換した写真も多く、数もえげつない。

そして、なにより気になるのは――

「やだよ、すぐるさんに昔の私見られちゃうじゃない……！」

「なにを今更。優さんは咲笑ねぇにゾッコンだから、別に大丈夫だろう」

そんなわけないでしょう……。つい大きく否定しようとして、思い留まる。あからさまに否定したら、新婚夫婦なのにおかしいだろう。

でも、それとは別にして――

「どうしたの？」

急に大人しくなった私を、咲人が不思議そうに覗き込んだ。

私はしばし迷ったあと、思い切って口にする。

「……この前も言ってたけど、咲はなんですぐるさんが私にゾッコンだなんて思ったの？」

咲人の目がゆっくりと大きく見開かれる。

咲人はわけもなく、そういうからかいをしない性格だ。ゾッコンだと言った理由があるはずだ。

できれば聞いておきたい。

「どうしたの、急に……。結婚してるんだから、当たり前なんじゃないの？」

「……いいから、聞かせてよ」

困惑したような反応に尻込みしそうだ。でも、こんな情けないことを聞けるのは弟しかない。

しばし悩んだあと「なんでって……」と言葉を濁《にご》す咲人。それから少し気まずそうに視線をそらしてから――

「そんなのすぐるさんを見てればわかるよ」

言わせるなと言わんばかりに、仕方なさそうにそう口にした。

「え？」

どういうこと？

「すぐるさん、咲笑ねぇと話すとき、ものすごく優しい顔するよ。そりゃ、俺らにも優しいけどさ、なんていうか、甘ったるいっていうか……。あぁ、好きなんだなぁーって感じ？　あんなに愛されてて、自覚ないの？」

愛されている自覚……？　私が？

目をパチクリさせていると、咲人はさらに呆れたような顔をして続ける。

「……この家に挨拶に来たときもさ、咲笑ねぇが席を立っている間に『必ず大切にします、幸せにします』って何度も頭を下げてくれたんだよ。母さんも父さんも、めちゃくちゃ驚いていたけど、それ以上に喜んでた」

すぐるさんが、私の知らないところで、そんなことを……？

胸の中に熱い気持ちが広がり、心を打たれる。自分の中にあった見えないナニカが、じわじわと這《は》い上がってくるのを感じた。

「自信のない咲笑ねぇのことだから、あんなイケメンが相手で不安になっているんだろうけど……なにも心配することはないんじゃない？」

あながち外れていない私の不安を言い当てた咲人は、「ほら。解決したなら、これどうするか考えて」と、呆然とする私の肩を叩いて部屋を出ていく。

扉が閉まった反動で、一番上に乗っていたアルバムがゴトリと床に落ちて開く。偶然にも開いたのは、大学時代のページだ。

あ……懐かしい。

見たくないと思っていたのに、釘付けになる。

真っ黒な長い髪。眉で切り揃えられた前髪。いかにも大人しそうで……そう、お菊人形みたいな黒髪の私が、恥ずかしそうに写っている。

あぁ……なんだろう。うまく言葉にできないけれど、やっぱり私、とても大切なものを見落としているような気がする。

気づけば無心でページをめくっていた。

しかし、過去の写真を前にして蘇《よみがえ》るのは当時の思い出ではなく、大好きなすぐるさんの表情だった。

シンガポールの夜に、情熱的なプロポーズとともに幸せにしたいと真っ直ぐに伝えてくれたこと。

体を重ねるたびに、自分だけを見てほしいと愛おしげな目で懇願《こんがん》してきたこと。

久々の休日には、デートに行く前、子供みたいにはしゃいでいたこと。

寝る間もないほど忙しいのに、常に私を気遣い気にかけてくれたこと。

そして、船上での夜……、今にも泣きそうな表情で、体を繋げながら『愛してる』と伝えてきたこと。

――ねぇ、咲笑。

そんな彼の言葉すべてを、嘘だと思える？

でも……そしたら、彼の好きな人は――

そう自問自答していたとき――、ふと、手が止まってしまった。

「あ――それ、陵介さんの社長就任パーティーのときの写真じゃん！」

いつの間にか部屋に戻っていた咲人が、懐かしそうに横からアルバムを覗きこんでくる。

主役抜きでノリノリにピースをする、私たち姉弟とみゆき。確か、これは開会前、近くの人に撮ってもらったものだ。

でも、違う。

私が見ていたのはそこじゃない。

――この人……！

隣では、まだあーだこーだ言っていたけれど、〝彼〟を見つけたその瞬間から耳に入らなくなった。

後方に偶然写り込む、あのワインをかけてしまった男性。少し前なら、この写真を見てもなにも思わなかっただろう。

けれども今は――わかる。すぐに、わかった。

ううん、こんなに好きな彼を、遠目だったとしても、見てわからないわけがないの。

――記憶のピースが大きく動き出す。

『大道寺さんが咲笑に話すのを待つべきだと思うわ』

『三年くらい前だっけ？　兄さん、咲笑ちゃんに恋して生まれ変わったじゃん。――今でも当時の写真、大切に持っているって言っていたよ』

『この前言っていた「驚かせるかもしれない」っていうお話は……』

『……写真？　見間違いだよ。これは仕事用の手帳だ。写真なんて入っていないよ』

脳内で行き場を探していたピースが次々とパズルのように嵌っていき、しだいに私の息遣いが震えていく。

確証はない。でも、そうだとしたらすべてが綺麗に結びつく。

三年前から、彼が一途に思っていた相手って――もしかして。

「咲笑ねぇ？　どうしたの？」

……けれども私は、そんな彼に言ってしまった。

『もう……あんなこと思い出したくないから、やめてよっ……』

もし、そうだとしたら。

聞きようによっては、彼の心を大きく傷つけてしまったかもしれない。

船上ディナーでの明らかな嘘や、手帳を見せてくれなかった理由。そして、彼の泣きそうな愛の告白の理由も――

私が彼のことを拒絶したからだと思っていたら？

私はとんでもないことをしてしまったのでは……？

期待に揺れる一方、罪悪感に苛まれ、居ても立っても居られなくなる。

部屋の隅のバッグに飛びついて、スマートフォンを探った。

今すぐ、すぐるさんと話したい。なんなら、今から会いに行きたいくらいだ。でも仕事中だから、メッセージくらいならいいだろうか……

「あれ……」

しかし、探し当てたスマートフォンをタップするものの、電池が切れていて、画面に明かりすら灯らない。

「いきなり、慌ててどうしたの……？」

「ごめん、咲！　ちょっと今日は帰ってもいいかな？　私の荷物はそのままにしておいていいから！」

「……は!?　逃げる気!?」

「違う！　ちょっと今日は、こんなことしている場合じゃなくなった……！」

文句を言う咲人を無視して、見ていたアルバムとバッグを抱えて部屋を飛び出す。

別にうちに帰ってもなにかできるわけじゃない。でも、ここでじっとしていられる心境ではなかった。

「あら？　咲笑、もう帰るの？　夕飯食べていきなさいよ」

玄関でスニーカーに足を突っ込んだところで、エプロン姿の母がリビングから引き止めに来た。

それでも「帰る！」と言いかけた、そのときだった。

【ピンポーン！　ピンポーン！】

焦ったように何度も鳴る、インターホン。あまりの勢いに、警戒した母とハッと顔を見合わせてしまった。

なに……？

視線で会話を交わし、下がってなさい、という母に甘えて動向を見守る。

そして、訝しげな母がドアを開けた瞬間、玄関に滑り込んで来たのは――

「――突然すみません！　さえ、いますか……⁉」

焦ったような、でも聞き慣れた優しい声。

「あらやだっ！　大道寺さん～！」

二オクターブほど高い母の黄色い声を浴びたのは、なんと三つ揃いスーツ姿のすぐるさんだった。

仕事中のはずなのにどうしてここに……？　思わず目を疑う。

その後ろからは、私を見つけて「はぁー！　良かった、いたぁ～」と言いながら、膝に手を突いて額の汗を拭う隼人さんまで。

「すぐるさんと……隼人さん⁉」

声を上げた瞬間、キャッキャとはしゃぐ母を挟んで、パチリと彼と目が合って――

「わ……っ」

瞬時にすぐるさんの両腕が真っ直ぐこちらに伸びてきて、視界が真っ暗になる。

「さえ……っ」

一瞬自分の身になにが起きているのかわからなかった。抱きしめられているってことに気づいたのは、切羽詰《せっぱつ》まったような声が耳元から聞こえてきたから。

「ちゃんとすべてを話すから、俺を見限らないで欲しい……。離婚するだなんて、言わないで欲しい」

「えっ、あの……」

まったくもって話についていけない。いきなりどうしたんだろう。

しかし、すぐるさんは、焦ったようにさらに続ける。

「俺はずっと、さえのことが好きだった。シンガポールで会うよりも、ずっとずっと前から君のことが好きだったんだ」

アルバムとバッグを抱えたままの私を、玄関先だというのに、さらにギュウウッと抱きすくめる。

こんな状況にもかかわらず、待ち焦がれた告白にとても胸がときめくけれども……、ちょっと待って欲しい。

離婚とか、見限るとか、一体なんのことだろう……？

もしかして、実家にいるからだろうか？

「す、すぐるさん、ちょっと待ってください。話がちょっと、おかしいです。離婚ってなんですか……？　私、ただ、片付けするのに実家に来ただけです」

「え……？」

途端に背中に回っていた腕が緩まり、ポカンと顔を見合わせる私たち。どうしてなのか。いろいろと行き違っている気がする――

◇

――遡《さかのぼ》ること、二時間前。

俺はあれから副社長室を訪ねてきた隼人と、話のすり合わせを行っていた。

「――つまり、俺はなにも聞かされていない咲笑ちゃんに、中途半端に兄さんの昔話をしちゃったってことか……」

翌日の会議のために帰国した隼人は、頭を抱えて「うわぁ……」と応接ソファに崩れ落ちる。

「なんで話してくれないんだよ。咲笑ちゃん絶対勘違いしているだろ……」

「……そういう話になると、思わなかったから」

確かにあの場で、隼人が三年前の話を持ち出そうとしたときは焦った。去り際に隼人に釘を刺しておいたから、まさかそのあと、再びその話題になったとは思わなかったのだ。

それもさえのほうから隼人に聞き出すとは……

ひどく嫌な予感がした。大きな黒い球体が喉もとまでせりあがってきた。信じたくない事実《こと》が出てこようとしている。

さえは、これまでどんな気持ちで俺のそばにいたんだ……？

「最悪のパターンだ。きっと、なにも知らない咲笑ちゃんが聞いたら、優に好きな人がいると思って、深く傷つくだろうな……」

帰るタイミングを失っていた陵介が、さらりと俺が危惧していたことを口にする。

ゾッとした。ひんやりと汗が滴り落ちる。

彼女がたまに浮かない表情をしていたのも。あのとき、手帳を見ようとしたことも。追及してきたことも。自ら求めてきたことも。

全部、全部、不安を感じていたからだとしたら……？

隠してきた俺のせいだとしたら……？

そう思った瞬間、俺の手はスーツのポケットを探っていた。そして、取り憑かれたように慣れた番号をタップし、スマートフォンを耳に当てる——が。

【ただいま電話に出ることができません——】

数コールあとに虚しいアナウンスが流れる。

ザワザワと騒ぎ出す胸の内。

いや、待て。安易に騒ぐのは良くない。

今日は久しぶりに親友である陵介の彼女と会うと言っていた。その最中なのかもしれない。

うん、そうだ。きっとそうだ。仕事をしていればすぐに掛け直してくる……！

「──電話もなければ、家にもいない。……咲笑ちゃんは一体どこに行ったんだ？」

しかし、状況が良くなることはなかった。

──午後五時。我が物顔でうちにやってきた隼人は、部屋を見渡すなり、呆然とする俺の代わりにつぶやく。

結局あれから、折り返しの連絡はなかった。その後こちらから何度か電話をかけてみたものの、やっぱりつながることはなかった。居ても立っても居られない俺は、優先度の高い業務をどうにか片付け、心配する隼人とともに自宅に帰ってきた。

親友のいる化粧品店に行くのは午後三時と言っていたから、家に戻ればいるはずだと思ったんだが……

買い物か？　そのあと、食事にでも行ったとか？

……だとすれば、さえの性格なら一報ありそうな気もする。

どんどんネガティブ思考になっていく脳内で、先ほどからチラついているワードが姿を現そうとする。

いや、だめだ。考えすぎは良くない。

「兄さんに愛想尽かして、実家に帰っちゃったのかな？」

――思っていたそばから、隼人がそのワードを遠慮なく引っ張り出して、グサリと俺の胸を深くえぐる。

いつもならただの冗談だと受け取れるのだが、今日は妙に切れ味が鋭い。傷口は深い。

しかし、そうなったとしても、自業自得。正体を明かさず彼女に結婚を申し込んだ俺のせいだ。

「あれ？　怒ってる？」

しゅんと反省していると、悪気のない顔の隼人が覗いてくる。

「怒っていない……ただ反省してるだけだよ」

「大丈夫だよ、そろそろ帰って来るだろう。それから兄さんの思いをきちんと伝えれば、間に合うんじゃないかな、〝ギリギリ〟」

一言余計なやつめ。隼人はそう言うが、連絡すら取れないのは心配だ。

事故という可能性だって――

嫌な妄想にひんやりと背筋を震わせていたそのとき。

【ピピピピ――】

ポケットでスマートフォンが着信を知らせる。

「もしもし、さえ!?」

確認もせずに、スマートフォンを耳に当てる、必死すぎる俺。

【残念〜、咲笑ちゃんじゃないよ〜！】

しかし、友人の低い声を耳にして、ガクリ……と一気に気分が下降する。電話は先ほどオフィスビルで別れた陵介だった。

「――どうした？」

暗然としたまま用件を促すと、陵介は硬い声で報告してきた。

【今みゆきから連絡があったんだ。なんだか、今日会ったときの咲笑ちゃんの様子が気になるらしくて――】

心臓に刃物を押し当てられた気分になる。

「――詳しく教えてくれ」

そうしてそこで得た情報は、相槌《あいづち》を重ねるごとに、深く心臓にくいこんでいくものだった。

そして、電話を切った直後、俺は迷わずベッドルームへ足を向け彼女のクローゼットを開く。

中に視線を走らせると――

俺が今までプレゼントした衣装はハンガーにかけられたまま。昨日までその下で行き場を失っていた、彼女が持ってきた服の山が忽然《こつぜん》と姿を消している。

服の山を「どうしよう』と言っていた気がするが……そんなことなど思い出さないほどに俺はひどく動揺した。

ま、まさか――

「旅行バッグに大量の服を入れて実家!? 兄さん、それ絶対咲笑ちゃん誤解して出ていったんだって……!」

――陵介の彼女も同じことを言っていたらしい。

「……だから今、向かっている」

付け加えると肌の状態を『結婚式までちゃんとこの状態を保たないとだめよ？』と陵介の彼女が言ったところ、さえは『――できるかわからないけれど』と返したらしい。

あぁ、なんてことだ……!

さらに言えば、クローゼットの服は俺が彼女を思い、仕立てたものばかりだった。俺が用意した服をすべて置いていったということだ。

これは俺に愛想を尽かしたということだ。俺との結婚を本気で後悔しているに違いない。

そんなわけで、膝から崩れ落ちそうな精神をギリギリのところで持ち直し、隼人に説明する余裕もなく車に飛び乗り、さえの実家まで走らせている。

まさか、こんなことになるとは……

すべてはさえの気持ちを考えずに、浮かれていた俺への罰だろう。後悔の念に押しつぶされそうになるが、これは自業自得だ。

「怖がらずに、最初から三年前に一目惚れしたって言えば良かったんだよ。手帳の写真だって、本人に見せれば良かったんだ。昔は昔、今は今だろう？ 兄さんが浮かれているなか、咲笑ちゃんはずっと悩んでいたんじゃないのか？」

隼人の言葉は正論すぎて、もはや反論の余地もない。

「離婚を切り出される前に、説明する時間を設けてもらえればいいね」

隼人はまだ心配してあーだこーだ説教をしているが、その不穏なワードが脳内で反響し、彼の声が遠ざかる。

り、りこん……？　さえに望まれたら俺は受け入れられるのか……？

――いやいや、無理だ。そんなの受け入れられるわけない！

と即座に心で叫ぶと同時に、身もだえするほど自分に苛立ちを感じた。

この尊い生活が続くのであれば、彼女に俺の正体を明かさないほうが賢明だと思った。しかし、その裏で彼女は涙を流し、不安を感じていた。

説明して、俺の正体を受け入れられないと言われたら、もう離婚を受け入れるしかないのだが……。どうしようもなく彼女が恋しく、諦めの悪い自分が嫌になる。

――わかっている。

最後くらいは彼女の要望を叶えてあげなければ。

ずっと悩ませていたんだ。

俺は離婚を要求されて当たり前の立場なんだ。わかっている。わかっているのに――

「……え!?　兄さん？」

さえの実家に到着した途端、体は反射的に動きだし、彼女を求めた。

しょせん、俺の決意なんてあってないようなもので、結局、さえを目の前にすれば、求めることはたったひとつだった。

「ずっと好きだった――」

彼女は自分のことを〝冴えない〟と言うが、初めて会った時の彼女は、眩しいほどキラキラ輝いていた。

むしろ、〝冴えない〟のは俺のほうだ。彼女に見合う男になろうと、らしくないことをしていただけだ――

◇

これは現実だろうか……？

すぐるさんは三年前のあのときから私を好きでいてくれて、ずっと会いたいと写真を持ち歩いてくれていた。

そして私と再会するため、生まれかわろうとしてくれた……？

ほんとに……？

もちろん、アルバムを見た瞬間、彼の好きな人が私であって欲しい。そう思っていた。

でも、いざ現実だって言われると、胸を突き上げてくるほどの熱い気持ちでいっぱいで。

嬉しくてどうしていいのかわからなくて。

あまりにも信じ難くて、目の前のすぐるさんの整った顔をポーッと見つめてしまう。

「さえ、ずっと伝えられなかった俺を、どうか……許してくれないか……」

「すぐるさん……」

つまり——私たちは、はじめから両思いだったってこと？

夢見心地のままじっと彼の澄んだ瞳を見つめていたら、するりと頬を撫でられた。漂う甘い空気。

「さえ——」

案の定、長い睫毛《まつげ》を揺らし、頬を傾け、すぐるさんの中性的な美しい顔が近づいてくる。

あぁ。夢じゃないって思い知らせて。これまで不安だった分、思い知らせて。

私はそっと目を閉じて受け入れたのだけれど——

「——ゴホンッ！　えぇ～そろそろいいかな、ふたりとも？　言っておくけど、みんないるからね？」

隼人さんの注意でハッと我に返る、ふたり。

古びた畳の十畳ほどの和室。チョコレート色のちゃぶ台。

それを挟んだ向こう側で「あらあら～」と頬をピンクに染める母と。「あのときの……オジ、オジ」とつぶやいて顔を真っ青にしている弟と。何度も咳払いをする父。そして、すぐるさんを挟んだ向こう側には呆れ顔の隼人さんだ。

——そう。ここは、まだ私の実家。慌てて姿勢を正す私とすぐるさん。

あれから場所をリビングに移し、すぐるさんの口から『好きな人』と『写真』について真実が語られた。それに乗じて責任を感じていた隼人さんも、何度も私に頭を下げてくれた。

『元はと言えば、はじめに怖気づいた俺のせいだ』

そして、そんな隼人さんをフォローしながら、すぐるさんがここに来るまでの熱い気持ちもすべて打ち明けてくれたのだった。

お互いの勘違いによる、行き違い。

気持ちが見えなくて不安になっていたのは、私だけではない。私たちに一番必要なものは、自分の気持ちを言葉にすることだと思い知らされた。

胸を占めていたモヤモヤが消え去って、心が晴れ渡る。ようやくスタート地点に立てた気分だ。

「よくわからないけど、ふたりは最近再会して、結婚することになったのね」

母のどこか納得したような物言いにハッとする。

そうだ——まずい！　お母さんには、前々から付き合っていたって嘘をついていたんだ。ちゃんと弁解しなきゃ……

「お、お母さん……わ、私っ——！」

「そうだと思ったわ」

「……へ？」

予想外のセリフにキョトンとする。思わずすぐるさんと顔を見合わせた。

「あらやだ、わからないとでも思ったの？　舐められたものね。咲笑みたいに内気で素直な子が幸せかどうかなんて、顔を見ればわかるわよ」

したり顔の母。言い方はいつもみたいに素っ気ないけれど。じわりと胸の奥が熱くなる。

「お母さん……」

「さぁ、聞き入っちゃって、お茶も出してなかったわね。大道寺さんたちも、良かったら夕飯食べていってください。残る話は帰ってからにして、ね？　……仲良しのおふたりさん」

「ありがとうございます。突然すみません」

お母さんは私たちをからかって、そそくさとキッチンのほうへ消えていく。

もしかして、ずっと私にお見合いを勧めていたのも――トモキとの付き合いが不安で、浮かない顔をしていたから……？

そう思ったけれども、口にはしなかった。

だって私には、過去なんて比べものにならないくらい、大切な人がいるから――

重ねられた手を握りしめ、私たちはそっと微笑みあった。

◇

夕食後に少しだけ団欒《だんらん》を楽しんだあと、隼人さんを宿泊先のホテルで降ろし、帰路につく。

途中、私のスマートフォンが【ピピッ】とメッセージを受信する。確認すると、みゆきからのものだった。

【もう、ビックリさせないでよ～！】

どうやら勘違いしていたらしいみゆきにも、陵介くんが報告してくれた模様だ。謝罪のメッセージを送るとすぐさま返事がくる。

【咲笑の気持ちも、そろそろ打ち明けるときじゃない？　まだ言ってないんでしょう？】

自慢の親友はなんでもお見通しのようだ。

そう……。彼の気持ちを気にするあまり、私は一番大切なことを伝えられていなかった。もうバレバレかもしれないけれど、きちんと伝えなきゃ。

今なら、あのときみゆきが言っていたことがわかる。

カフェでコソコソ電話をしていた陵介くんとみゆきは、すべてを知った上で、私たちの恋を応援してくれていたんだ。

「――さえ」

「はい？」

運転席からすぐるさんがこちらを窺《うかが》う。

「少し寄っていきたいところがあるんだが、いいかな？」

「もちろんです」

笑顔で頷くと、すぐるさんがウィンカーを出して、家とは別方向へ車を走らせた。


「――わぁ、いい眺めですね」

「このホテルの特等席、ってところかな」

海岸線を走り三十分ほどで、目的地に到着した。

すぐるさんが連れてきてくれたのは、都内にあるグランツ・ハピネスの最上階、五十二階にある会員制のバー。

エスコートを受けやってきたセミオープンテラス席からは、東京湾やお台場などの夜景を見下ろすことができた。

あまりの美しさに、ほう……とため息がこぼれる。

「お仕事は、大丈夫だったんですか？」

「問題ないよ。仕事よりも、さえがいなくなることのほうが、俺にとっては大問題だ」

運ばれてきたノンアルコールカクテルを私に差し出しながら、彼は当たり前のように言ってのける。

今が一番忙しい時期なのに……

すぐるさんの優しさに、胸がキュッと甘く締め付けられる。

「誤解させるようなことをしてしまって……本当にすみませんでした」

「君は悪くないよ。俺がシンガポールではっきりと想いを告げていれば、こんなことにならなかったんだ」

夜景を映す彼の瞳が儚《はかな》げな色を帯び、長い睫毛《まつげ》が揺れる。

胸が苦しくなって、テーブルの上の大きな手にそっと自らの手を重ねたけれど、彼はその手を絡め取り、自嘲するようにつぶやいた。

「……遠回りをしてしまったな。陵介に、婚活パーティーで君とおなじナンバーを用意してもらったというのに」

え？

思いもよらない言葉に、どういうこと？　と目を丸くする私。

「――あの番号って偶然では……」

「そんなわけないよ。俺は最初からさえに会うためだけに、シンガポールへ行ったんだ。だけど……情けない話だが、過去の自分ごと受け入れてもらえる自信がなかった。だから、一番大切なことを伝えずに、困っている君を〝利害一致〟というズルい言葉を使って、必死に口説き落とした。幸せにしたいと言いながら、君を隣に置くことで幸せに浸っていたのは……俺なんだよ」

そうカミングアウトしたすぐるさんは後悔しているような面持ちだったけれど、私は嬉しくて胸が詰まった。

何年も前の初恋を大切に温め、そして行動に移してくれた彼への感謝の気持ちで心が埋め尽くされる。

当時、ワインをかけてしまった私なんて、冴えない上に鈍臭《どんくさ》くて、見ていられないかったに違いないのに。

そんな私と出会うために、ここまで大きな決意をしてくれたのだ。

普通ではできないと思うの。大きな決意と、それに伴う行動力がなければ。

そうでなければ、私たちが再び出会うことは叶わなかった――

「すぐるさん……。私はその気持ちがとっても嬉しいです」

ようやくあふれ出てきた本当の気持ちに、すぐるさんが「え？」と驚いた顔をする。

私はその目を見つめながら、勢いに乗って続けた。

「すぐるさんがそう思ってくれたことで、三年前も今も、すぐるさんに出会うことができました。この前は自分の失敗談を知られて、幻滅されるのが怖くて、『思い出したくない』なんて言ってしまいましたが、パーティーのときに優しくフォローしてくれたあなたは、今でも私のヒーローです」

「さえ……」

「シンガポールでも同じです。利害一致と言いながらも、すぐるさんはいつだって私のことを気遣ってくれました。むしろ、『こんな私が相手でいいのかな？』って思ったりもしましたよ。でもそれ以上に、好きになった人と結婚したいと思い、あなたのプロポーズをお受けしました」

「好きに、なった……？」

もしかして、彼は気づいていなかったのだろうか。

グラスを置いたすぐるさんは、大きく息を飲んで瞳を揺らす。

あぁ、恋をするって不思議だ。普段口下手で、引っ込み思案だと言われる私なのに、ずっと堰《せ》き止めていた彼への思いが止まらない。

「押しに弱い私ですけど、さすがになんとも思わない人からのプロポーズは受けませんよ。私はシンガポールで出逢った夜から、すぐるさんに恋しています」

その瞬間、大好きな優しいアーモンドアイが見開き、世界中のどんな夜景よりも美しくキラキラと輝く。

「すぐるさんに好きな人がいると思っていた間も、本当なら離れるべきだと思ったのに、大好きで離れることができなかったんです。だから、すぐるさんの私を思う気持ちが、嬉しくて仕方ありません」

そう言い切った直後、ガタンと席を立ったすぐるさんに、座った体勢のまま抱きしめられていた。ギュウギュウと頬に押し付けられる彼の鼓動。震える大きな手が、何度も私の短い髪を撫で、彼の淡いシトラスが香る。

「さえ。本当に不安にさせてごめん……。そして、こんな俺を好きでいてくれて……ありがとう」

シャツに添えていた私の手を取って、自らの頬に当てるすぐるさん。手のひらを伝って、彼から至極の安堵と幸福感が伝わり、じわりと涙が滲んでくる。

「さえ……もう一度、プロポーズをさせてもらえる？」

「すぐるさん……」

そう言って彼は私の答えを待たずに、セミオープンテラス席の片隅で、私の足元に静かにひざまずく。

手を取り合って、向けられた真摯な眼差し。シンガポールの夜に感じた感動と興奮が、蘇《よみがえ》った。

「……あの日から君のことが、ずっとずっと好きだった。君に本当のことを告げるまで、こんなに時間がかかったヘタレな俺だが……どうか俺と、これから先も夫婦でいてくれないか？」

さまざまな思いがこみあげて、目に涙が浮かぶ。

そして、ぽろりと頬を伝うと同時に、私は大きく頷いた。

「……もちろんです。どんなすぐるさんでも、大好きですから」

そのまま立ち上がったすぐるさんに、つま先が浮くほど抱きしめられた。

「ありがとう……」

私たちは、ひとけのない夜のテラス席で、周囲から身を隠すようにしてキスを交わした。

もう、我慢しなくていいんだ。自信をもって、すぐるさんの隣を歩いていいんだ。

喜びをぶつけ合うようにして、あふれ出す思いを幾度も口付けで交換した。

涙を拭われながら、何度も、何度も――

「……さえ」

しばらくキスを交わしたあと、突然唇を離したすぐるさんが、切羽詰《せっぱつ》まったように私をきつく抱きしめてきた。

「すぐる、さん……？」

首を傾げていると、耳元に移動してきた熱い唇が、焦れたように囁《ささや》く。

「今すぐさえを抱きたい……君が本当に俺のものになったって早く実感したい――」

絡みあった視線に、激しい情欲の炎が灯る。

私も、さっきからズクズクと自分の中にも漲《みなぎ》る熱いものを感じていた。

「私も……すぐるさんにいっぱい愛してもらいたい」

消えそうな声で同意すると、すぐるさんは愛おしむように目尻を下げ、私の手を引いてバーをあとにしたのだった。

◇

玄関をくぐって靴を脱ぐと、すぐにふわりと体が浮いた。

すぐるさんは私を抱いたままバスルームの扉を開け、淡いライトの灯りの下でキスを仕掛けながら性急に私の服を乱していく。

「んっ、ふぅ……なん、で……一緒に……」

「車の中で、片付けで汗をかいたから先にシャワー浴びたいって言っていただろう……」

「言いましたけど……んっ、一緒にって意味じゃ、ひゃ――っ！」

すぐるさんは聞く耳を持たず、私のチュニックをするんと頭から引き抜き、デニムの金具を外しジッパーをおろしてしまう。

「――だめ、待たない……。やっとさんの心が手に入ったんだ……もう一秒も、触れるのを我慢できない」

現れた素肌に舌を這《は》わせながら、洗面台の上に座らせた私のデニムをずり下げ、下着まで剥ぎ取ってしまう。

「あ……」

パサッと床に落とされる衣類たち。

「もう自分の気持ちを押し殺すなどできない」

すぐるさんはスーツの上着を脱いで、ネクタイやシャツを次々床に落としながら、激しい情欲をまとった視線を向けてきた。

こうなってしまえば、私の羞恥なんてあってないようなもので。連れ込まれたバスルームで、熱い指先にひたすら翻弄《ほんろう》された。

温かいシャワーをかけられ、優しく髪を洗われる。そしてハーブの香りのするボディソープを使って、体も隅々まで念入りに——

「す、すぐるさん、自分で洗いまっ……んんっ……ふっ」

繊細な指先が、身体の凹凸を確かめるように這《は》い回り、足の間に滑り込んで、ぐちゃぐちゃと中で動かされる。

いくらワンフロアに一戸しかないとはいえ、バスルームで声なんか出せない。響くし、なにかの間違いで聞こえるかもしれない。慌てて口を押さえた。

「——大丈夫だから、声を我慢しないで」

「やぁんっ、むり……ここじゃ、だめっ、んんっ……」

「ふふ、可愛いな……わかったよ」

なんて言いながらも、すぐるさんは散々甘い意地悪で火種をつけ、大量のバスタオルで私を包み込みバスルームを出る。

そうして火照った体を適当に拭いただけの状態で、ベッドの中に引きずり込まれた。

濡れた髪を邪魔そうに掻き上げたすぐるさんは、息が止まるほど私をきつく抱きしめる。

——キス。キス。

舌を絡め、また、呼吸を奪うようにして、甘い甘いキス。

やっと思いが通じた好きな人からの情熱的な愛情表現。

すっかり溶かされた私を誰が咎《とが》められるだろう。


「——挿れるよ」

「あっ……」

両足を持ち上げられ、すぐるさんが濡れそぼった蜜口に避妊具を被せた先端を押し当てたあと、ズズズッと腰を押し進めてきた。

「あ、ああぁっ！」

奥まで貫かれ、散々焦らされていた身体は、一気に押し寄せた快楽に抗えなかった。ビクビクと腰が震えてしまう。

「挿れただけで達するなんて、可愛すぎ……でも、今日は、止めてあげない——」

すぐるさんは余裕なさそうに言って、まだ達したばかりの敏感な体に容赦なく腰を打ち付ける。

深いキスで舌を絡めながら、私の深い場所を硬いものでえぐるように、ゴツゴツと突き上げる。

「ぁっ、あぁぁっ！　やぁ、んぁっ……」

「――はっ……さえ、愛してる……愛してるよ」

耳に届く言葉は酔いしれそうなほど甘いのに、震える子宮を突き上げられるような凶暴な感覚が身体を貫き、悶《もだ》える。

「わ、たしも」

気持ち良すぎて、おかしくなりそう……

うわ言のように、何度も名前を呼びながら手を伸ばすと、すぐるさんは両手をぎゅっと恋人繋ぎにして応えてくれた。

「さえとこうして心も繋がれるなんて……夢みたいで、泣きそうだ」

それは、私もだ。同じ思いだよ。

すぐるさんの背中をぎゅっと抱きしめ、律動に身を委《ゆだ》ねる。

ずっと届かないと思いこんでいた。それでも離したくないと思っていた。そんな大切な人と心も身体も繋がっている。とても幸せだ……

真上で揺れるすぐるさんを見ていると、私のほうも、胸の奥から熱い思いがこぼれていた。

「――好きに……なって、くれて……あっ、ありがとう」

今にも泣きそうな顔をしたすぐるさんは、しだいに動きを緩めながら、私の頬を大切そうに撫でてくれた。

「なに、言って……」

「っ……すぐるさんは、受け入れてもらえなかったらって心配していたけど……んっ……そんなわけない、です……。見た目はまったく違うかもしれないけれど、すぐるさんは、すぐるさんで……三年前から……っ、まったく変わって、ない……」

「さえ……」

三年前のパーティーで優しく握手を求めてくれた彼も。

煌めくシンガポールの夜『ここにいたんだ』と手を差し伸べてくれた彼も。

どちらもまぎれもなく……大好きな、思いやりにあふれたすぐるさんだ。

「私は……正体を打ち明けられたのがっ、シンガポールの夜だとしても……同じように、一緒にいられることを、喜んだと――ひゃっ！」

「――もうっ……」

すぐるさんが弾かれたように手を伸ばしてきて、繋がったまま抱き起こされた。

ナカをより深くえぐられて、ビクン！　と身体が震える。

「そんなことを言われると……壊しそうになる……」

しばし向き合うようにして、ギューッと私を抱きしめたあと、すぐるさんは感極まったように強く腰を突き上げはじめた。

「ひゃぁ⁉　あぁっ⁉」

「きっと、そんなさえだから……俺は、一瞬にして惹かれたんだろうな」

「ふぁっ！　……んあぁっ！」

「愛してるなんかじゃ足りない。はじめて会ったあの日から、もう俺は、さえのことしか……愛せなくなっている」

ごちゅん！　ごちゅん！　と。まるで宙に投げ出されそうな、脳を焼くような快楽。

振り落とされないよう、必死にすぐるさんの首に抱きついて耐えた。

「あぁっ！　んぁあっ！」

「……俺の名前、呼んで」

絶えず声を上げる私の唇を啄《ついば》み、すぐるさんは突き上げる腰のリズムを速めながら、切羽詰《せっぱつ》まった声で囁《ささや》いてくる。

「っ……す、すぐるさ、んっ……」

「──だめ、もっと。俺のことが好きだって、わかるように──」

私の中のすぐるさんが、急かすように大きくふくれあがった。

ふたりの呼吸がどんどん浅くなっていく。

私は心を込めて、上擦りそうな声を何度か抑えたあと、口を開いた。

「すぐるさんっ、あいし──」

「時間切れ」

その瞬間、伝えようとしたアイシテルの言葉は、熱い唇でふさがれ、激しい絶頂の波の中に消えてしまった。

同時に奥底で大きく震えた彼をしっかり抱きしめ、代わりに心のなかで叫んだ。

「すぐるさん、愛してるよ」って。

「世界中の誰よりもあなたが好きです」って。


それからどれくらい時間が経ったのだろう……

ふと、目を開けると、すぐるさんが腕枕をしたまま、こちらをじっと見つめていた。

チョコレート色の髪はいつの間に乾いていて、その隙間から私を優しい面差しで覗いている。

どうやら私は、少しだけ眠っていたらしい。

「目、覚めた？」

「……すみません。私……寝てたんですね」

つぶやくと、すぐるさんがおでこに優しく唇を押しつけ、腕枕していないほうの手で、そっと抱き寄せてくれた。

「無理させたね」

「ううん……すごく幸せでした」

目を擦りながらニッコリ微笑んで見せると、頬を擦り寄せ、小さなキスが顔中に降ってくる。

まるで仲良しの子犬のようなじゃれ合いに、胸がキュンとなる。この時間がとても好きだ。

しばらくそうやって、お互いを労《いたわ》るように、小さなキスをしたり、抱き合ったり、甘い時間を過ごしていると――すぐるさんが突然、コツンと額を合わせてきた。

「どうしました……？」

上目づかいで声をかけると。彼はなぜだかひどく悲しそうな顔をした。

「……あのときも、さえにほんとの気持ちを言えなかったことを思い出した」

「なんのこと、ですか？」

――あのとき……？

隠していたことを白状するような口ぶりだけど、私にはちっとも思い当たる節がない。

すぐるさんは、体を起こしながら私の頭をポンと撫でて、ヘッドボードに寄りかかる。そして、気まずそうに切り出した。

「結婚してすぐの頃……新婚初夜だっていうのに、俺が『子供は先にしよう』と言ったの覚えてない？」

「……！」

ハッとして、記憶を振り返った。

……覚えている。

いつものように私を深く愛し、ひとつになる前、彼は避妊具を手に、どこか一線を引くように言ったんだ。

『子供は、もう少しお互いを知ってからにしようね』

あのときは口にしなかったけれど……私は、自分ばかり気持ちが大きいような気がして、とても胸が痛くて、息苦しかったのを覚えている。

私は、すぐにでも彼と家族になりたかったから。

すぐるさんはそんな私を察したように頬を撫でながら、本心を語ってくれる。

「ちゃんと気持ちを伝えるまではと、自分に言い聞かせようとしたんだろうな……。気づいたら、咄嗟《とっさ》にそう言っていた。でも、さえの気持ちを確認もせずに、あんな言い方をしてしまったことをものすごく後悔していたんだ」

「すぐるさん……」

そんなふうに、思ってくれていたんだ。

「だから、この件も訂正させて欲しい」

すぐるさんはそういって、横になっていた私の手を自分のほうに引き寄せ、隣へいざなう。

上半身を起こした私は、シーツで体を隠しながらちょこんと側により、静かにこちらを映すアーモンドアイを、じっと見つめ返し続きを待った。

「さえと、〝家族〟になりたい」

気持ちのこもった眼差しが、私の心を射抜く。

「俺の隣で笑っている、愛する奥さん《さえ》がいて、そんなさえとの間に可愛い子供たちがいて……。もちろんすんなり理想通りにいくかはわからないけれど……、俺は願わくば、そんな未来が叶うといいなぁと思っていた」

聞いているだけで胸の奥がじわりと熱くなり、体を隠していたシーツをぎゅぅっと握りしめる。

嬉しいのに、たまらなく苦しい。不思議な高揚感……

「さえの気持ちも、教えて」

私の気持ち――そんなの、決まっているよ。

そのキラキラした瞳を見つめたまま、正直な気持ちを口にした。

「私も……今のすぐるさんと、同じ気持ちです」

ふたりの意思は大切だからと、自分なりに理由をしき詰めて納得したつもりでいた。

――だけど。

「大好きなすぐるさんとの子供、欲しいです……」

打ち明けた瞬間。弾かれたように手が伸びてきて、抱きしめられる。

ぎゅぅっと体を押しつけられ、薄いシーツ越しにふたりの体温が重なった。

「良かった……っ！」

すぐるさんがあまりにも強く安堵するものだから、思わず目をパチクリとさせてしまった。

「……？　……なんて、返ってくると思っていたんですか？」

ポカンとする私。

「……嘘ばかりついて『もう嫌いだ』って言われるかとヒヤヒヤしてた……前科者だから、俺。さえにそんなこと言われたら、生きていけないよ」

「ふふっ、言うわけないじゃないですか」

あまりにも大げさな物言いに、つい笑うと、すぐるさんは「笑ったな」と冗談っぽくたしなめながら、その腕に私を抱きしめ、とろけるようなキスをしかけてくる。

彼の首元に腕を巻きつけ、素肌を触れ合わせその唇の熱をうっとりと受け止めた。

気がかりがすべて解消し、心がスッと晴れた。

――ありがとう。すぐるさん……大好き。

もうなにも、心配はいらない。こうして大好きな人と気持ちを伝えあうことができた私は、この先どんな困難が訪れても、なんだって乗り越えられるような気がした。

そんな晴れ晴れした気持ちで、甘美なキスに酔いしれていると。

「――なら、早速だけど……」

すぐるさんは膝の上でとろけていた私をコロンとベッドに転がして、止める間もなく体を隠していたシーツまで剥がしてしまった。

「えぇっ……!?　ちょっと……」

慌ててうつ伏せになって体を隠そうとする私の上にすぐるさんがすぐに覆いかぶさってきて、

「もう一回、愛させて」

背中に啄《ついば》むような口づけを繰り返す。

「ふぁっ……んっ、えっ？　もう、いっかい……？」

聞き間違いだろうか……？　ついさっき、とても激しいセックスを終えたばかりなのに。確かにすぐるさんは、いつも一度ではすまない人だけれども……っ。

「あぁ、普段から一度じゃ足りないんだ。なのに、ずっと恋焦がれてきたさえに、俺の子供が欲しいなんて言われたら……もう、俺の執念が、大暴走しそうになってる」

背中に口づけを続けながら、無防備にさらしている私のお尻に、臨戦態勢となったすぐるさんのモノ――いわば彼の言う執念がグイグイと押しつけられた。

濡れた感触に「あっ……」と息を呑む私。

今日はもう終わったと思っていたし、子どものことは今後という話で、決して今日、今からという意味で言ったわけではない。

でも、私のソコに触れるすぐるさんの熱いモノから、無意識にさっき発散したはずの熱が蘇《よみがえ》ってきて……ズクリと体の奥が熱く震えてしまう。

「……さえ。もう離婚したいなんて言っても、俺は絶対に君のことを離せないから、覚悟してね」

「そんなこと、言ってな……あ、あぁっ――！」

有無を言わさない大きな手のひらが、うつ伏せの私の腰を掴むと、まだ濡れそぼった入口に硬くなったソレを宛がって、そのまま蜜をまとわせながらズブリッ！　とナカを貫いてきた。

「はっ……これは、まずい……」

「あぁ……あ……ふぁ、はいって、る……」

ゴムの膜を介さない、生身の触れ合いにふたりで息を震わせる。

そして、すぐにすぐるさんの腰が動きはじめ、何度か浅い出入りを繰り返した後、ゴチュン！と一番奥を突き上げた。

「あぁぁんっ！」

「くっ……」

いつもより毒性の強い快楽が脳天を貫き、先端が奥を突くたびに、意識が遠のきそう。

「さえのなか……っ、熱くて、すぐにイキそう」

荒い息を吐きながら余裕なく腰を振りたくるすぐるさん。

グチャグチャと淫靡《いんび》な水音を立てながら、容赦ない勢いでえぐられ擦られ、私のほうも姿勢を維持できなくなってしまう。

やだ……気持ち良すぎて力が入らない。

「あぁっ……んあっ！　待って……これじゃっ……私もすぐに……」

すぐるさんはどんどん崩れていく私の腰を掴んで姿勢を戻すと、ずちゅ！　ずちゅ！　と一心不乱に奥をめがけて灼熱を突き込む。

「ふぁっ！　んぁ……！」

「気持ち良すぎて止まれそうにない。次は、ゆっくり……愛してあげるから……っ」

――つ、つぎぃ⁉

なんて次回予告におののきながらも――結局、その腕に抱かれ唇をふさがれてしまえば、私の理性なんてあってないようなもので、何度もドロドロに溶かされてしまった。


――もう、わかっていたことだけども……

「無理させてごめんね？　さえ」

「……すぐるさんの、えっち。もう……くたくたです……」

「君が、可愛すぎるのがいけないんだよ」

――ちゅ。

なんて会話を交わしたのは、さらにもう一度正面から貫かれたあとの……だいぶ白熱した四回戦目が終わってからのこと。

――……本当に、この人の甘やかしには敵わない。

ちょっぴり前途多難そうだけれど。それ以上に、素敵な素敵な未来を予感しながら、大好きな人の腕の中でそっと目を閉じたのだった――

エピローグ

それからあっという間に月日が過ぎ、半年後の三月某日。

眠らないこの異国の街で、待ちに待った日がやってきた。

「あれだけ日本で挙げるなんていっていたのに、ここで挙げるとはな」

「ふふっ、やっぱりここがふたりの思い出の場所みたいだからね」

――そう。ふたりの親友の言う通り。

結局、私たちが挙式に選んだのは、あの日、再会を果たしたシンガポールのグランツ・ハピネス内の、クリスタルチャペルだった。

Ｋ市のグランツ・ハピネスが華々しくオープンしたのはもう六ヶ月前だろうか。

仕事が落ち着いた頃、すぐるさんが窺《うかが》うようにして話を切り出してきた。

『挙式のことなんだけど……さえ、あそこから、もう一度はじめないか？』

夢かと思った。

『……私も、そうしたいと思っていました』

私たちは、同じことを考えていたみたいだ。

すぐるさんが私に会うために来てくれたシンガポールのグランツ・ハピネスは、私にとって一番思い出深い場所となっていた。

彼にとっても特別な場所であったことがとても嬉しい。

先日、企業関係者へのお披露目《ひろめ》パーティーは済ませているため、本日は親しい友人や家族のみの挙式だ。

見知った顔ぶれが多いから、前回に比べるとさほど緊張することはないけれど。

こうしてすぐるさんの隣を堂々と歩けるようになったのは、お仕事関係のパーティーに同行することが増え、以前よりも度胸がついたからだと思う。

全面ガラス張りでオレンジ色の光が降り注ぐ中、大理石のヴァージン・ロードを父と歩み、すぐるさんの手に委《ゆだ》ねられる。

そして、美しい夕焼け空とオーシャンブルーを前に、ふたりならんで神父様の言葉に耳を傾けた。

オーガンジーの美しい純白のエンパイアラインのドレスはすぐるさんが選んでくれたものだ。

幾層にも重なったチュールでボリュームがあり、歩く度に、ふんわりと裾が広がる。

そんな私の隣には、同じブランドで仕立てた純白のタキシード姿の彼。

ミディアムヘアが後ろへ流れ、甘いマスクをさらけ出している。特別仕様のすぐるさんは、何度見ても王子様のようでうっとりする。

思えばちょうど一年くらい前だろうか。

私たちが、このホテルの婚活パーティーで出会った……いや、再会したのは。

そのときは、こんなにも満ち足りた気持ちで、結婚式に望めるとは思わなかった。

「――さえ、今日も世界一綺麗だよ」

「すぐるさんのほうが、とても素敵です」

重厚なパイプオルガンの音の中、愛しい彼と誓《ちか》いのキスを交わしながら、あの夜に思いを馳せる――

――シンガポールの夜は、私にとってすべてのはじまりだった。

失恋してお見合いから逃れるために現実逃避した、目が眩むようなきらびやかな婚活パーティー。

ひとり佇《たたず》んでいたとき迎えにきてくれたすぐるさんは、紛れもない王子様だった。

『ここにいたんだ』

彼の甘い企みは、失恋した私の心と体を癒やし、いとも簡単にすべてを掻っ攫っていった。

同じように『愛』を求めながらもすれ違う私たちは、ここに来るまで、どれだけ遠回りをしたのだろう。

さまざまなことがあったけれども、今こうして彼と心を通わせられたことをなによりも幸せに思う。

見知った参列者たちの祝福や、色鮮やかなフラワーシャワーを受ける中、私はこの上ない喜びを噛み締めていた。

そんなふうにして、素晴らしい挙式をスムーズに終えたときだった――

「――さえ、悪いけどまだ終わらないよ」

チャペルを出たところで、すぐるさんが、オーガンジーの手袋に包まれた私の手を、恭しく取った。

「――え？」

交換したばかりのマリッジリングが、シャンデリアの光を受けてキラリと輝く。

どういうことだろう。

このあとはみんなで撮影をする予定だけど、式はこれで終わりのはずだ。

けれども、混乱しているのは私だけで、私たちを見守る式場スタッフさんたちは、にこやかに見守っている。

ここのオーナーでもある彼は、どうやらなにかを企てているらしい。

「さぁ、いくよ」という号令に導かれ、私は頭に疑問符を浮かべながら、ウエディングドレスのままチャペルから堂々と連れ出された。


「どこに行くんです？　みんなは――」

「いいから、俺についてきて」

どこか楽しげなすぐるさんは、無人のホテル内を移動し、乗りこんだエレベーターで迷わず一階へ降りる。

ちなみに今日のホテルは、一部のみ貸し切っているらしい。到着してから式のスタッフさんと参列者しか顔を合わせていない。

なんだかこの連れ去られるシチュエーシコンは、あの婚活パーティーの日を思い出す。

パーティーから逃げ出した私に、すぐるさんがカジノのＶＩＰルームから色鮮やかな花火を見せてくれた――

今でも鮮明に覚えている、私の大切な思い出だ。

やがてエレベーターが人気のない一階に到着すると、すぐるさんはラグジュアリーなホテル内の廊下を、私の腰に手を当てて丁寧にエスコートする。

ほんとに、なにをするつもりなんだろう……？

しかし、そんな疑問もつかの間、促されるがままに進んでいくと、見覚えのあるラウンジの扉が見えてきた。

私たちが参加した婚活パーティーの会場だ。

そして、その先に暗がりの中庭に隣接するようにして広がるのは――

「すぐるさん……ここ」

導かれて辿り着いたその場所を見て――私は声に詰まった。

ラウンジを出てすぐ、中庭に隣接するようにして広がるリゾートプール。揺らめく水面は、あの日よりも控えめなオレンジのライトが溶けて、ふんわり厳《おごそ》かに揺れている。

「……逃げたお姫様が、迷い込んだ場所です」

すぐるさんは恭しく腰を折ってそう告げると、いつの間にかやってきたホテリエから白のケープを受け取って、私の肩をひんやりとした風から守ってくれる。

そして、ウエディングドレスの腰元にそっと触れ、ゆっくりとその先にエスコートしてくれた。

あのとき、ひとり佇《たたず》んでいたリゾートプールは、色鮮やかなイルミネーションが彩っていたけれど、今日はプールサイドの足元にわずかな光が揺れているだけ。

まるでロウソクの光のように暖かく、癒される静かな空間。

その先に準備されていた、アンティーク調のガーデンチェアにふたり並んで腰を下ろす。

白のタキシードとドレスでまさかここに連れ出されるとは思わなかった。彼がなにを考えているのかわからずに、少し戸惑う。

「ねぇ、すぐるさん、一体なにを――」

問いかける最中、すぐるさんの整った顔が近づいてきて。

「――さぁ、そろそろ時間だ。さえ、空を見て」

耳元で囁《ささや》いて夜の押しかけた暗い空を指差す。

空……？　つられて頭を上げる私。

「今夜は君のために……大きな花が咲くよ」

とたん、ヒューという笛を吹くような甲高い音が辺りに響き渡った。

そして、次の瞬間だった。

ドドド、と、お腹の奥底に響く音とともに、次々と暗い空にダイナミックな花が大きく咲きほこる。

――花火だ……

中庭の樹木の合間から打ち上がる花火。

あの夜見たみたいに、何度も。何度も。

圧倒的で、気づけば息を止めてしまうような。絶え間なく打ち上がって、七色に夜空を彩っては儚《はかな》く消えていく美しい光彩。

あまりにも雄大で、美しくて――言葉を発するのさえ惜しかった。

まるで今日のために準備していたような気がするのは、おこがましいだろうか？

「……お気に召してもらえましたか？　愛しい俺の奥さん」

顔を上げると、私の反応を窺《うかが》うような　うきうきした気分を隠しきれないような、すぐるさんの表情。

そのアーモンドアイの輝きから伝わってきた。

いや、気のせいじゃない。彼はこの日のために準備してくれたんだ。どれほど私を喜ばせたら、気が済むのだろう。

『とっても好きです！』

一年前の、あんな些細な言葉を覚えていてくれていたんだ。

「とても綺麗です……ありがとう、すぐるさん」

「――愛してるよ、さえ」

誓《ちか》いのキスよりも濃厚な口づけが施される。幸せを噛み締めながら、降り注ぐ花火の中、とろけるようなキスを受け入れた。


私に会いに来てくれて。そして、あの日私を見つけ出してくれて、ありがとう。

綿あめのようにふわふわと甘くて、優しくて、出会った日にベッドに誘っちゃうくらい、ちょっぴりエッチだけれども。

誰よりも私のことを大切に、一心に愛情を注いでくれる。

理想よりももっと、素敵な素敵な旦那様。

きっとこれから増えていく家族にも、同じように底なしの愛情を注いでくれるだろう。

その未来を、あなたの隣で。あなたの笑顔と。

ともに歩んでいきたい。

「――さえ……なんか、少し体温高くない？」

口づけを終えたあと、すぐるさんが眉を下げて突然そんなことを言いだした。

もう一度キスをしようとしてきたり、慌てたように、首筋に触ったり、おでこに触ったりしてくる。

「……体調はいつも通りですよ……？」

この日のために、いつもよりも過保護にすぐるさんに体調を管理されていたから、それには自信がある。

咳のひとつもしたら、医者を往診に呼ぶと騒いで大変だったし。疲れたなんて口にしたら、ベッドに誘導されそのまま布団をかけて寝かせられるしまつだ。

「……元気ならいいんだが」

「すぐるさんは、いつも心配しすぎですよ」

「それは仕方ない……さえ以上に大切なものなんてないだろう？」

甘えるように伸びてきた両腕に優しく抱きしめられると、キュンと胸が甘く切なく痛む。

ああ、もう……この人には、本当に敵わない。

すぐるさんといると、自分が大層価値のある人間のように思えてしまうから困る。

この際限のない甘やかしに言い包められるのが、最近の私のお決まりだ。

……でもね。そういうあなただから、これから先も同じ熱量で愛を伝えたい。

もう二度とすれ違わないように。思うだけじゃ伝わらないから。

私はちゃんと伝えることを覚えたの――

「すぐるさん……」

「ん？」

「いつもありがとう。私のほうがずっとずっと愛してるよ――」

――ちゅ。

このあと、口づけを終えたあと、彼はいつも決まって言うんだ。

『俺に敵うわけないでしょ』

『あの日から君に、恋してたんだ』って。

あの日、シンガポールで彼にかけられた魅惑的な魔法は、これからもずっとずっと、解けることはないだろう。

番外編　記念日の過ごし方

——夜の帳が下りた、とある春の日。

愛おしい天使のような寝顔から、すーすーと規則正しい寝息が聞こえてくる。

おまんじゅうみたいなほっぺたに、呼吸とともに揺れるくるんとカールした睫毛《まつげ》。むっちりした腕は頭上に伸ばされ、今日も万歳ポーズをしたまま脱力している。思わず笑みがこぼれる。

しばらくそれを見つめたあと、静かに柔らかい髪に触れ、起こさないようにベッドを離れた。

ふふっ、一体どんな楽しい夢を見ているのだろう。

「おやすみ、ゆうり」

優しい子になってほしいと願い、すぐるさんと同じ『優』という字を取って、名前を『優梨《ゆうり》』とつけた。

そんな生後六ヶ月を過ぎたゆうりが眠るのは、元々私とすぐるさんが使っていた、大きなクイーンサイズのベッドだ。

そこにぐるりと柵をつけて、今はここで、家族三人で眠っている。

ゆうりの生活のリズムが整いつつある最近では、朝方まで眠れることが多くなってきた。

私は、もう一度ベッドの真ん中で悠々と眠る天使に笑顔を向けて、そっと寝室を離れた。

――シンガポールでの挙式から約一年と二ヶ月が過ぎた。

幸福のなかで時間が過ぎるのは、本当に一瞬のことだと思う。気づけば三度目の春が、家族の増えた私たちを、優しく包んでくれていた。

ゆうりを妊娠したことが発覚したのは、シンガポールでの結婚式を終えてすぐのことだった。

これに気づいたのはすぐるさんが先だった。挙式後から、私の体温が高いことがずっと引っかかっていたらしい。帰国してすぐに車に詰め込まれ、連れてこられたのは婦人科。そして、あれよあれよという間に、

『あ、赤ちゃんのいる袋が見えます。妊娠されていますよ』

なんて驚く宣言をお医者様から受けてしまった。

まさか、こんなにも早く実るとは思っていなくて……それもすぐるさんの方が早く察知していたことに、とてもビックリしたのを覚えている。

――そして、今から約六ヶ月前に産声をあげたのが、ゆうりだ。

さほどつわりもひどくなく、妊娠過程も順調。予定日よりも数日前の正常分娩での出産だった。

出産中、すぐるさんはずっと手を握って真剣な顔で励ましてくれた。……そして――出産後。

『さえ……ありがとう。そして……ゆうり、はじめまして。パパだよ』

産まれたての我が子を腕に抱いたとき、二人で決めた名前を呼びながら……すぐるさんは、ポロ

リと涙をこぼした。

すぐるさんが泣くのを初めて見た私は驚いて……また、その光景があまりにも綺麗で神秘的で、すべてに感謝と感動を覚えて……彼の腕に寄り添って、ともにゆうりを抱いて泣いた。

今でも瞼《まぶた》の裏に鮮明に焼き付いている思い出だ。

もう、あれからそんなに経つのかぁ……

妊娠、出産、そしてゆうりの成長とともに、私たちも順調に愛を育んでいる。


ゆうりが泣いたらわかるように少しだけ寝室のドアを開けたままキッチンへ戻ると、寝かしつけている間に帰宅していたすぐるさんが「お疲れ様」と迎えてくれた。

一日中お仕事をして帰ってきたすぐるさんにそう言ってもらえるのは、毎度とても不思議な気分になる。

「おかえりなさい。すみません、帰ってきたのに気づかなかった……」

「そんなこと、いいんだよ。俺は自分のことは自分で出来るから、そのまま眠ってもいいんだ。ゆうりは寝た？」

「はい、今日もすんなり寝てくれました」

「そうか、成長を感じるね」

すぐるさんは、作っておいた夕食を食べ終えたところらしい。食洗機を稼働させたあとこちらに近づいてきて、私を労《いたわ》りながら頬にただいまのキスをしてくれる。

今より月齢が小さい頃のゆうりは、眠ったと思ってベッドに寝かせると、背中にスイッチがあるみたいにすぐに目覚めて、わんわん泣き出していた。そこからなかなか泣き止まず、数時間抱っこで右往左往してどうにかこうにか寝かしつけるというのが、お決まりの展開だった。

だから、小一時間ほどで眠るようになったことに、彼の言う通り成長を感じる。

すぐるさんはその頃から、私がアタフタしていると、疲れているはずなのに帰宅早々寝かしつけを代わってくれたり、家にいる貴重な時間を率先して家事や育児に当ててくれたりする。

……妊娠前とちっとも変わらず……いや、その時以上に私とゆうりのことを大切に思ってくれているのが伝わってきた。産後の影響から情緒不安定だった私はそれに感動し、ますますすぐるさんのことが愛おしくなって……何度も涙したものだ。今思い出すと、少しだけ恥ずかしい。

食後に入浴して一段落すると、すぐるさんは、一旦寝室にゆうりの寝顔を見つめに行く。それが、ここ最近の習慣になっていた。

音を立てないように寝室からリビングに戻ったすぐるさんに、カモミールティーを出して隣に座る。自分用に淹《い》れたルイボスティーを持って。

「ありがとう、さえ」

「お疲れ様です」

ゆうりが早く寝てくれるようになったので、最近では、こうした夫婦の時間が少しずつ取れるようになってきた。

すぐるさんのほうも、以前は家に仕事を持ち込むことが多かったけれど、出産後からは、急を要するもの以外は、ほとんど仕事を持ち帰らなくなった。

きっと、慣れない育児にてんてこまいな私への配慮だろう。私は素直にその心遣いが嬉しかった。そのおかげで、コミュニケーションをとることもでき、彼自身にも少しは体を休めてもらうことができているから。

「ぐっすり眠っていたよ。ここ最近、寝顔しか見ていないから寂しいなぁ」

「お仕事の日はほとんど、寝てしまっていますもんね」

「そのぶん休日でいっぱい触れ合わないと」

仕事は、相変わらず忙しいようだ。

朝はゆうりが起きる前に出勤し、夜はゆうりが就寝したあとの遅い時間に帰宅する。落ち着くまで、と彼が出来る限り見合わせていた会食や海外出張なども、少しずつ入るようになってきた。この頃は、ほとんど休日にしかゆうりと顔を合わせられないと言っても過言ではない。

それでも時々、ゆうりの起床が早かったり、すぐるさんが早く帰ってきたりして対面すると、彼女が寝るまで片時も離れず、コアラの親みたいに抱いて過ごしている。

もちろんゆうりも、そんな優しくて甘いパパが大好きだ。

「さえ……」

ふいに、甘い声に呼ばれて顔を上げると、すぐるさんのさらりと揺れる前髪が近づいてくる。

「んっ」

察して目を閉じると、一度だけ、ふんわりと優しく唇が重なり、窺《うかが》うようにすぐるさんが長い睫《まつ》毛《げ》を揺らす。

「寝なくて大丈夫？　俺は一緒にいられて嬉しいが……気にせず眠っていいんだよ？」

これはお決まりのセリフと化しつつある。すぐるさんは朝方ゆうりに授乳するために早く起き、その後寝かしつけもする私を心配してくれているのだ。何度大丈夫だと言っても気になるようだ。過保護なすぐるさんは、今でも健在だ。いや、前よりパワーアップしているかもしれない。

「大丈夫ですよ。最近は朝までぐっすり眠ってくれるようになりましたし、なにより私もすぐるさんと一緒にいる時間が欲しいから」

この時間だって週に一度あればいいほうだ。帰宅が遅くて私が先に眠ってしまうことも多々ある。そんなに長い時間じゃないけれど……私にとっては、大好きな彼を補給する大切な癒しの時間だ。

カップを置いて腕に寄り添うと、端整な顔が、とても嬉しそうに綻《ほころ》ぶ。

「ゆうりに会えないのは寂しいが……さえをこうして独り占めできるのは、嬉しいな」

大きな手が少し伸びた私の髪をさらりと撫でる。

それから再び近づいてくるキスの気配に、期待してそっと瞼《まぶた》を閉じた。

「んっ……」

重なって、啄まれて、甘くとろけるようなキス。

今度はすぐには離れず、顎に添えられた指先が私の唇を開かせ、その隙間から舌が侵入してくる。

「ぁ……っ」

ぴちゃりと音を立てて舌を絡めとられる。体がゾクゾク震えて……夢我夢中で、口内を移動する彼の舌を追いかけていた。

こうして深いキスを交わすと、無意識にあの感覚を思い出すようになっていた。

すぐるさんと奥深くまで繋がって、激しく求め合うときの、お腹の奥が疼《うず》くような……あの甘い感覚。

産後の一ヶ月検診で夫婦生活再開の許可はもらっているけれど――妊娠してから、もう一年以上すぐるさんと体を重ねていない。

深くなっていくキスに呼応して、全身が『足りない』と訴えかけてくるのがわかる。

「んっ……すぐる、さっ……」

甘い息を吐いてうっとり見つめると、視線が絡まったすぐるさんがピタリと動きを止めた。そして、我に返ったように、ススススッと離れていく。

「すぐる、さん……？」

違和感と残念さを覚えつつも顔を上げると、すぐるさんはいつもの優しい笑みを浮かべていた。

「ごめん……」

なんで、謝るの……？

「そうだ。結婚一周年の記念について、そろそろなにか考えないとね？」

だけど、深く考える間もなく、すぐるさんは妙な空気を払拭するように魅力的な提案をしてくる。

引っかかりつつも、単純な私の意識はそちらに持っていかれた。

――『結婚一周年』、まだ祝っていなかったっけ。

「そういえば、先送りになっていましたね」

約二ヶ月前。まだゆうりが四ヶ月の頃に、私たちはシンガポールの挙式から一年を迎えた。

だけど、そのころのゆうりはようやく生活リズムが安定するかというところで、まだ自分たちのことを考えている余裕なんてなかった。

だから、もう少し落ち着いたころに何かお祝いをしようね、とすぐるさんと約束していたのだ。

「仕事も少し落ち着いてきて休みを取れそうだから、旅行とかも行けるよ」

一気に心が華やぐ。

旅行は、安定期に入ったころ、地方の温泉へ行ったきりだ。家族で遠出したい気持ちはあった。

でも、まだ小さなゆうりを思うと、少しだけ不安になるのも確かで……

無難に、日帰り旅行とか食事とかのほうがいいかな……？　でも、やっぱり、お泊まりも捨てがたいし……

迷っていると、すぐるさんがクスクス笑いながら私のおでこに唇を押し付け、空になった二人分のカップを持って立ち上がる。

「ははっ……急いで考える必要はないよ。だが、その日はさえを甘やかしたいと思っている。これは俺たちの結婚の祝いだからね？　俺も考えておくから、さえもゆっくり考えてみて」

笑ってキッチンに向かう背中を見つめながら、キュンと胸が甘く震えたのだった。

◇

「――へぇ！　結婚一周年の記念に旅行、いいわねぇ」

「うん。すぐるさんはそう言ってくれたんだけど、まだゆうりを連れてよそに泊まったことは実家でさえないから、宿泊するかは迷っていて」

「そっか。咲笑は産後もお母さんたちが通ってくれたんだったね」

三日後の午前中。ハネムーンのお土産を置きがてら遊びに来てくれたみゆきに、早速ウキウキと報告していた。

少し前に、都内のグランツハピネスでようやく式を挙げたみゆきの左手の薬指には、シンプルでとても輝かしいマリッジリングが煌めいている。今は〝向坂みゆき〟だ。

あのあと、翌日からすぐるさんの帰宅時間が遅い日が続いたり、地方出張が入ったりで、結婚記念についてはまだ進展がなかった。私のほうも、ちっとも名案が浮かばなくて困っている。

「だよなー、まだ優梨が小さいから、日中は良くても夜は心配だよな～。少し前まで、寝つくまで泣き通すって言ってたし……今は機嫌良さそうだけど、なぁ？　優梨～？」

「だぁっ」

「まぁ、どこに行くかってよりは、何をして過ごすかってほうが重要な気がするけど？　優さんは、ふだん優梨といて休む暇のない咲笑ねぇに、休んでほしいだろうし……いてっ、優梨、悪口じゃないって。それで顔叩かれると、痛いより……」

テーブルで向かい合う私たちの会話に、少し離れた日当たりの良い窓際から口を挟んでくる二つの低い声と喃語。

ゆうりを膝に乗せた陵介くんと、おもちゃのガラガラを振ってゆうりをあやしている、弟の咲人だ。

そう。みゆきと二人きりで会っているわけではなかった。

陵介くんはみゆきのパートナーなので言わずもがな。

咲人は数日前の電話でふたりが来ると言ったら『陵介さんと優梨に会いたいなぁ～』と言って、ふらりと遊びに来たのだ。職場である出版社へは、このあとの取材が終わってから行けばいいのだとか。ゆうりが可愛いようで、産まれてからは顔を合わせる機会が増えた気がする。

あまり人見知りをしないゆうりは、きゃっきゃと笑いながらすぐるさん譲りの大きくて綺麗な瞳を輝かせ、とてもご機嫌な様子だ。

「私は、いつもお仕事が忙しいのに家事や育児もしてくれるすぐるさんが、心休まる日になればいいなぁって思っていたんだけど……」

ゆうりを見守りつつ、そんな本心を打ち明けると、みゆきはとても優しい顔で肩をすくめた。

「ふふっ、咲笑らしいわね。でも、大道寺さんの気持ちとしては、咲人の言う通りじゃない……？」

「咲の？」

みゆきがニッコリ笑って頷く。

「私も子供がいる友達から聞いただけだけど……女性は、子育てしていたら自分の時間なんて持てないって言うじゃない？　だから、その日は咲笑が一番楽しめるような日にしたいんじゃないかな～って」

先日のすぐるさんの言葉が頭をよぎる。

『――その日はさえを甘やかしたいと思っている。これは俺たちの結婚の祝いだからね？』

「すぐるさん、それであんなことを……？」

ふいに思っていることが口から出たそのとき、「うえぇーん」とゆうりが泣き出した。「あ～……咲笑ちゃんパス～」とワタワタした陵介くんの腕から、ゆうりが戻ってくる。

午前と午後にお昼寝をする彼女は、そろそろ眠い時間帯なのだろう。私の腕に戻った途端泣き止んで、胸に顔をこすりつけてくる。眠いときの仕草だ。

その可愛らしさに、みゆきと顔を見合わせ、ふふと口元を緩める。

「ならさ、その日は俺と母さんが優梨のこと見てるから、優さんとデートしてくるっていうのは？」

胸に抱いたゆうりの背中をトントン叩いていると、思ってもみない咲人の提案が飛んでくる。

「えっ……？」

「あらっ！　それいいじゃない！」

みゆきが歓喜の声を上げて賛同した。

――すぐるさんと……デート？

横から陵介くんも口を挟む。

「確かにそれなら咲笑ちゃんも羽を伸ばせるし、久々に恋人としての時間を堪能できるね。遠出は無理かもしれないけど、家族三人でディナーのあとに、融通がきく優のホテルに泊まるのもありだし」

さすがイベント会社の社長さん。

すぐるさんとふたりの時間だけではなく、私の意も汲んでくれて家族三人の時間も考えた提案をしてくれた。

幸い、両家の両親ともに、ゆうりのことを目に入れても痛くない様子で可愛がってくれている。

ゆうりもまた、私が定期的に両家を訪れているのもあって、優しい両親たちにとても懐いている。

さらに言えば、生後六ヶ月になってゆうりの授乳の間隔は長くなり、ミルクも飲めるようになった。そのことからも預けることは難しくないだろう。

ふたりでも家族でも過ごせるプラン……かぁ。

半日程度とはいえ、今まで片時も離れたことのないゆうりが一緒ではないという寂しさや、本当にいいのかな？　という後ろめたさに似たものはある。けれど……すぐるさんと久しぶりにデートも出来て、家族でも過ごせる。二人のことが大好きな私の胸は高鳴りっぱなしだ。

「すごく、嬉しい提案……すぐるさんに相談してみようかな」

やがて、腕の中で寝ついたゆうりを確認しながら口にすると、三人は笑顔で頷いてくれた。

「大道寺さんが、一番乗り気になるんじゃないかしら」

「間違いないね、すぐに段取りを考えはじめる姿が目に浮かぶよ」

そんなみゆきと陵介くんに続いて、咲人は珍しく真面目なトーンで口にした。

「でも、優さんのそういう姿は、弟としては本当にありがたい限りですよ。俺、最近、子育てに関する月刊誌にも携わってるんですけど……出産後、パートナーに不満を感じたり、魅力を感じなくなって夫婦間がうまくいかなくなるっていう悩み、結構取材アンケートで見てて」

咲人のいる編集部が、最近、子供を持つ親向けの育児情報誌を創刊したとは聞いている。

「だから、やっぱり特別な日くらいは咲笑ねぇにめいいっぱいオシャレしてもらって、優さんとの仲を維持してもらわないと～」

珍しく語られた弟の本音に感動しながらも、ふいに、三日前、キスの最中に彼が離れて違和感を覚えたことが頭をよぎる。

『ごめん……』

私もそういう情報誌は読み込んでいたから、咲人の言うことも理解していたのだけれど——

『パートナーに魅力を感じなくなって』

それだったら、どうしよう……

「優の執念深さは俺も認めるほどだから、心配いらないよ」

「私もそう思う」

陵介くんとみゆきがキッパリ否定する声が耳に届いて、はっと我に返る。

眠るゆうりをギュッと抱きしめ笑ってみせた。

「ははっ！　弟として安心する言葉ですね。そろそろ行かなきゃ——じゃぁ、咲笑ねぇ、決まったら連絡してよ」

腕時計を見て、さっと立ち上がる咲人。みゆきと陵介くんに挨拶をし、そして私の腕の中のゆうりの寝顔を見たあと部屋を出ていった。

◇

その日の夜。久しぶりに早い時間に帰宅したすぐるさんに、早速今日のことを報告した。

「――ということなんですけど、すぐるさん、どう思いますか？」

「それはすごい贅沢なプランだなぁ」

すぐるさんは、デートの提案と陵介くんが肉付けしてくれた案を聞くなり、とても嬉しそうに笑って、即座に同意を示してくれた。

みんなが予想していた通りだ。私も心が弾む。

「さえと久しぶりにデートができて、ゆうりともちゃんとお祝いができる……か」

「すぐるさんのお仕事の状況にもよると思いますが」

「そこは問題ないよ。ディナーやホテルは、ゆうりも楽しめそうなものをピックアップして手配してみよう。さえも、出産してからなかなかゆっくりショッピングとかできていないだろう？　行きたいところがあれば――」

会話に夢中になっていると「んばぁ」と喃語に会話を遮られる。

すぐるさんの膝の上では、久々にパパと一緒にお風呂へ入って、寝る前の授乳も終えて、満腹でご機嫌のゆうりが、きゃっきゃと短い手足をパタパタさせ、私たちの意識を集めようとしている。

途端に私たちの目じりが下がった。

「ゆうりは、ずっとご機嫌だなぁ～。今日はいっぱい遊んでもらって楽しかったんだね」

「みんなに遊んでもらったんだよね？」

「んぱっ、んぱっ！」

会話に参加するみたいに、ずんぐりむくむくしたちっちゃな体が、ナイトウェア姿のすぐるさんの膝の上でぴょこぴょこ動く。

「パパも一緒に遊びたかったな～……陵介が羨ましいぞぉ～！」

「きゃっ、きゃっ！」

ひょいと抱き上げられて、お腹に顔を埋められてくすぐられたゆうりは、もうすぐ寝る時間なのに声を上げて楽しそうに笑う。

私たちの意識が自分に向いて、とっても満足そうで……愛しい。

ふたりが幸せそうな様子を見ていると、私も幸福感で胸がいっぱいになる。

「——とりあえず……俺、ゆうりを寝かしつけてくるよ。さえは、ゆっくり風呂に入っておいで、細かいことはそれから考えよう」

「うん、ありがとう、すぐるさん」

「おやすみ、ゆうり」と、寝室に向かうふたりを見送った私は、着替えをもってバスルームへ向かう。

お風呂は毎日ゆうりと一緒に入っている。最近は慣れてきたけれども、それでもバタついて髪や体は満足に洗えたものではない。すぐるさんの気遣いに感謝しながら、念入りに体や髪を洗ったあと湯船にゆったり浸かって、ふぅ……と一息。

でも、静かな空間に触れると、昼間の咲人の声が脳裏をよぎった。

『出産後、パートナーに魅力を感じなくなって夫婦間がうまくいかなくなるっていう――』

確かに、この前のキス途中、すぐるさんは、不自然に私から離れてしまった。

『ごめん……』

それも何故か謝られたりして……

でも、まだそれは、たった一度だけで。たまたまかもしれない。これに当てはまると決まったわけではない。すぐるさんがどんなに私を大切に思ってくれているかは、私が一番わかっている。

きっと、気のせいだろう……

湯船の中、何度も自分に言い聞かせた。

お風呂から上がると、寝かしつけを終えたすぐるさんはリビングにいた。

ソファで険しい顔つきでスマートフォンを操作している……？　光の加減のせいだろうか？

「すぐるさん？」

声をかけると、お揃いのナイトウェアに包まれた肩が、かすかに跳ねたように見えた。

「あぁ、さえ、おかえり」

いや、気のせいか……。顔を上げた彼は、いつものように柔らかく笑って、近づいた私を隣に促してくれる。

「お風呂、ありがとうございました。ゆうり、寝るの早かったですね」

「疲れていたみたいで、すぐに眠ったよ。……あ、さえ、まだ髪が濡れてる。おいで。ちゃんと乾かさないと」

「少しなので、大丈夫ですよ」

「だーめ。風邪引いたら、大変だよ」

軽くタオルドライしただけの濡れた髪に気づいたすぐるさんは、有無を言わさず私の体の向きを変えると、肩にかけたタオルを取って優しく頭を包んでくれた。

子育てをしていると、どうにも自分のことを疎《おろそ》かにしてしまう……それが当たり前になるたびに、すぐるさんがいつもこうして気にかけてくれる。

いつの間にか持ってきてくれた静音ドライヤーが、髪を温めはじめた。

暖かくて、心地よくて……変わらないこの優しさが、いつも心に染みる。

「すぐるさんは、本当にさっきの案で、大丈夫なんですか？」

「ん？　一周年のこと？」

「はい」

ドライヤーの音に混じって届いた低い声に、こくりと頷く。

忙しい彼にとって、休暇はとても貴重だ。ゆうりではなく、私が半日独占してしまうことに少しだけ罪悪感を覚え、最後に確認しておこうと思った。もしかしたら、すでに何か考えていることがあったかもしれないし。咲人に連絡する前に聞いておきたい。

「俺は、さえとこんなに早くデートが出来るなんて思わなかったから、素直に夢みたいだなぁと思ったよ。でも、三人でもお祝いしたい気持ちもあるから、両方汲みとってくれた咲人くんや陵介の心遣いは嬉しいなぁと思った」

……同じ、気持ちだ。

振り返って目を瞬かせると同時に、ドライヤーの音が止む。そして、察したように、すぐるさんの指の長い大きな手が、温かくふわふわになった私の髪を柔らかく撫でてくれた。

「言っただろう？『さえを甘やかしたいと思ってる』って。俺は、いつも仕事で家を空けることが多い。そんななか居心地のいい環境を整えてくれて、ゆうりがすくすく育っているのは、他でもないさえのおかげだよ。そんな愛しい奥さんを、特別な日にエスコートできるなんて嬉しいよ」

顎に手を添えられ、上を向いた私の唇にキスが落ちてくる。

「んっ」

「咲人くんには俺から連絡しておくよ」

返事をする前にもう一度唇が落ちてきて、しっとりと重ねられる——キス。

再び訪れたタイミングに、私の胸はざわめきながらも高鳴った。

すぐに唇を割って舌が侵入してきて、生き物のように艶めかしく口内を動き回る。

「ん……はぁ……」

柔らかく舌を絡められると、とろりと思考がとろけ、たちまち甘い戯れに夢中になる。

足りなくて……もっと、すぐるさんが欲しくなって。

自分から積極的に舌を絡めると、頬を包んでいた彼の手がするりと肩に降りてきて、そのままソファの上に押し倒された。

いつもより荒いふたりの息遣いと、くちゃくちゃと響くえっちな水音。

やっぱり、この前のは気のせいだ。ちゃんと、私、求められている……。もしかしたら、今夜は、このまま……

甘い予感を抱きながら、きゅっと、彼の紺色のナイトウェアを掴んで甘い吐息を吐いた、そのとき。

はっと、息を呑む気配とともに、離れていく温もり。

……え？

瞼《まぶた》を開けると、覆いかぶさっていたはずのすぐるさんが、体を起こしていた。

「……すぐる、さん……？」

私を包んでいた腕が解かれ、距離をおいて座り直してしまう。

「あぁ、ごめん……そろそろ寝る時間だよね」

ドクン……と心臓が、嫌な音を立てる。

確かに、そろそろベッドに入る時間ではあるし、彼が浮かべているのはいつもの優しい笑顔だけど――明らかに先日のキス同様、いや、今日はそれ以上に違和感があった。

これ以上触れるのを避けるような、この場をどうやり過ごそうかという、気まずさがひしひしと伝わってくる。

胸が掴まれたように痛い……

昼間の咲人の言葉が再び頭をよぎる。

『パートナーに魅力を感じなくなって――』

やっぱり、そういうこと……？

「さえ？」

もう、私に魅力を感じなくなったから、触れたくないの……？　咲人もそんな変化に気づいて、『オシャレしてデート』なんて言ったのだろうか。

考えたって仕方ないのに。良くない妄想が止まらない。

「――さえ、もしかしてなにか勘違いさせてる？」

今にも泣きそうになっていると、そんな声が耳に届いて、呆然と寝そべったままだった体を抱き起こされた。

――へ？

「いや、とりあえず――そんな悲しそうな顔をしてる理由を聞いてもいい？」

彼の香りに包まれ、心配そうな声色が優しく注がれる。

おずおずと顔を上げると、私と同じくらい不安そうな顔をしたすぐるさんがいる。どうして、すぐるさんがそんな顔……？

どっちにしろ、もう我慢するのは無理だ。促されるまま思いを口にする。

「すぐるさんは、私にもう魅力を感じなくて、キスも、その先も……もう求めてないのかなって、思ってしまって」

蚊の鳴くような声でつぶやくと、肩にのったすぐるさんの手が、驚いたように跳ねるのがわかった。

「――み、魅力……？」

「この前も今日も……キス、途中でやめちゃって、あからさまに離れちゃうし……」

「それは……」

「咲も今日、言ってたから」

「咲人くんが？」

心配そうに首を傾げたすぐるさんに、斯々然々《かくかくしかじか》と今日咲人が言っていたことから、この前から感じていた不安まですべて打ち明けた。

いつもみたいに、私の声をひとつも聞き漏らさないように、耳を傾けてくれたすぐるさんは――

「さえ、そんなわけないだろう」

全部聞いたあと、そうキッパリ言い切った。

でも、少しだけ迷ったような恥ずかしそうな、そんな素振りを見せて。

「ここ、触って……」

向かい合って座っていた私の手をそっと取って、恥ずかしそうに自分の脚の間に導いた。

「ぁ……」

指先に触れたそれに、あっと息を呑む。

体を重ねているときほどではないけれど、すぐるさんのソコが硬く芯を持って勃《た》ちあがっている。

久しぶりの感触にドキドキして目眩《めまい》がしそうになった。

「もうね、俺、最近さえとキスするだけで、痛いぐらいこうなる。……正直、こうやって近くにいてもかなりギリギリで、隙あらば手を出しそうになる」

「っ……」

……全身が燃えるように熱くなった。

「でも、出産という大仕事をして、家のことやゆうりのことで休む暇もない君に、俺の気持ちだけで欲をぶつけるのは違う気がして、我慢して離れていた……それに――」

それに……？

すぐるさんは、思いを改めるように頭を振った。

「――とにかく、さえが思ってるようなことは絶対ない。だから、不安にならなくていいんだよ」

腕が伸びてきて、私は彼の胸元に再びぎゅっと抱きしめられた。

何か言いかけた……よね？

それに少しだけ引っ掛かったが、彼の言葉に嘘がないのは、その力強いアーモンドアイを見ればわかる。今は、言いたくないことなのかもしれない。

「すぐるさん……」

「俺が、さえ以外にこんな感情を抱くわけないよ。でも、さえがそうやって不安になったってことは、いいように解釈しちゃうけど……いいの……？」

指摘されて、自分が大胆なことを言っていたことに気づく。恥ずかしいけれど、でもその通りだ。

私も触れ合いたいと、思っている……視線を合わせたまま、おずおず頷く。

「私も……ふたりの時間が出来て、こうやって一緒にいると、もっともっとって、すぐるさんに触りたくなっちゃって――」

「もう、嬉しいし、可愛すぎ」

言い終わる前に、すぐるさんの長い睫毛《まつげ》が近づいてきて、唇を塞がれる。

「んっ……」

開いた口の隙間から舌が侵入してきて、私の舌に迷わず絡みつく。

「はっ……さえ……」

ぴちゃぴちゃと粘着質な音を立てながら、ふたりの間で舌が行き交う。

同時に私を包みこんでいた腕に持ち上げられ、彼の膝の上へ降ろされた。

「あっ……」

跨《また》がった脚の間に、ごつりと触れる硬くて熱い感触。

さっきよりも硬度を増したすぐるさんのそこに……思わず呼吸が震えた。

「……マズい、止まらないな」

私も熱い気持ちがこみ上げる。

「やめないで――」

こうしてみると、今までどうして我慢できたのかと不思議になる。

ずっとゆうりのママとして駆け抜けてきたけれど、彼を前にするともうひとりの自分が現れる。

彼のことが好きで、好きで、気持ちがあふれる――

貪欲に舌を絡めてキスをしながら、すぐるさんのしなやかな両手が上半身に伸びてくる。桃色のナイトウェアのボタンを開けてゆき、するりと肩から落ちた。

すると、あらわになった授乳用のナイトブラをしただけの体。

久しぶりの状況で恥ずかしいはずなのに、ゾクゾクする……

「もうやばいな……暴走しそう」

すぐるさんは苦笑しながら、ブラの上から胸にそっと触れた、そのとき。

「うぇえーーん！」

びくん！

「「！」」

寝室のドアの隙間からリビングに流れ込んできた、ゆうりの泣き声。私たちの動きがピタリと停止する。成長とともに力強さを増してきて、最近ではリビングやダイニングで家事をしていても、はっきり聞こえるほどの音量。

なにより、まるで見ていたようなタイミングだ。

私たちふたりは数秒間見つめ合ったあと「『ぷっ』」と顔を見合わせて吹き出した。

「ははっ！　さえは服を着ていて。俺が行ってくるから」

「ひぁっ……！」

さらりと髪を掻きあげたすぐるさんは、私の胸元にちゅっと口付け、落ちていた私のナイトウェアを手渡す。

「続きは〝一周年の夜〟にでも――だね？」

そして、ちょっぴりあやしげなセリフを残すと、ゆうりのもとへ行ってくれた。

◇

――そして、二週間後。

車窓から入る柔らかな風が、頬を撫でスカートの裾をふんわり揺らす。見上げる空は、雲の少ない澄んだ青空だ。

「お仕事は大丈夫だったんですか？　こんなにも早く、実現するとは思わなくて――」

「はは、休暇の段取りは、すでにしてあったからね」

結婚一周年記念日のお出かけの日は思ったよりも早く訪れた。

なんでも、すぐるさんが私へ話を持ってきた時点で手筈はほとんど整っていたらしく、行き先が決まった数日後には、咲人とすぐるさんによって日時が決定していた。

朝からすぐるさんにいっぱい遊んでもらってご機嫌のゆうりと、可愛くて仕方ない孫の来訪に大はしゃぎの父と母、そして「んじゃ楽しんで」とニヤニヤする咲人に見送られ、私たちはすぐるさんの運転で都内へと向かう。

予報通り晴れた今日は、購入してまだ一度も着ていなかった柔らかなシフォンブラウスとフレアスカートをチョイスした。子育てをしていると、どうしても動きやすさを重視した服装ばかりを選んでしまい、オシャレをしたのは久しぶり。

運転席のベージュのカジュアルスーツを上品かつスマートに着こなしたすぐるさんは、相変わらずイケメン俳優顔負けなくらいに素敵だ。柔らかそうなダークブラウンの髪が後ろへ流され、あらわになった綺麗な顔立ちには何度でも見惚《みと》れてしまう。

ずっと腕の中にいたゆうりがいないのは寂しいような物足りないような、不思議な気分だけれど、こうして二人で外出するのは久しぶりで、胸がときめいていた。

「それで、場所はどこに……？」

行き先の希望を聞かれ、ないと答えるとすぐるさんが決めてくれるとのことだった。

まだどこに行くか知らされていない私は、運転中の整った横顔をそっと伺う。

「さえも一度行ったことのあるところだよ。今日は、あのときよりも、楽しい時間を過ごしてほしいなと思って」

――あのとき……？

そうして、頭にクエスチョンマークを浮かべながら、車に揺られること二十分。やってきたのは、きらびやかな海の上に浮かぶ帝国国際クルーズターミナルだった。

もちろん目の前には、あのときと同じく、視界に収まらないほど大きな豪華客船だ。

「これって……！」

見上げた横顔は、憂いを含んでいた。

「客船デート、塗り替えたいと思っている」

塗り替える……？

「あのときの俺……いや、俺たちはすれ違っていて、心からデートを楽しむ余裕がなかったから」

忘れもしない。まだすぐるさんの好きな人が自分だとは知らなかった新婚当初、私たちはここに来ている。

お互いに気持ちが一方通行だと思い込んでいた私たちは、ここでのデートの間、上辺だけの笑みを浮かべ、ずっと切ない気持ちを抱いていたっけ。

感情を取り繕うことに必死で、失うことに怯えて……本当は大切にしなきゃならないモノを隠すのにいっぱいいっぱいだった。

すぐるさんも、同じだったのだろう。

「今日は自信を持って、さえをエスコートしたい。俺ともう一度ここで、デートしよう？」

「――もちろんですよ」

差し伸べられた手を取って、微笑み合いながらゴージャスな船内へと進んだ。

客船は、本日はここで停留したままらしい。それもあってなのか、完全予約制だけど前回より多くのお客さんで賑わっていた。以前来たときとは違った、蒼い海と空に挟まれた、眩しいほど美しいロケーションだ。

入船時に配布されたパンフレットを広げると、今日も目を見張るほどのイベントやショーの数々が船内にちりばめられているらしい。

すぐるさんは私の手を引き、以前よりも晴れやかな表情で船内をエスコートしてくれた。

——しかし、何度来ても、ここは異世界だ。

デッキではミニオーケストラの優美な演奏が私たちを迎え、一枚扉を開ければこの前私を魅了した、シアタールームやイベント大ホールはもちろん、プールやカフェやバー、ショッピングモールまで備わっている。

まるで、動くリゾートホテル……見て歩くだけでもわくわくする。

私たちはデッキでミニオーケストラの演奏に聴き入ったあと、人気ブランドの連なるショッピングモールを少しだけ歩き、早めの昼食後、大ホールの舞台に向かう。前に管弦楽団の演奏を聴いた場所だ。

舞台で上演されたのはミュージカルだった。映画にもなったラブストーリーで、瞬きするのを忘れるくらい夢中になってしまった。

「相変わらず、ここは別世界みたい……」

――三時間後。ミュージカルの終演後ぽつりと呟くと、すぐるさんが嬉しそうに隣の席から身を乗り出してきた。

「喜んでもらえて良かった」

ちゅっ、とほっぺたに押し付けられる柔らかい唇。

「――！　人がいますから」

ほっぺたを押さえて飛び上がるが、すぐるさんは肩をすくめ「誰も見てないよ」と笑うだけだ。

確かに、周囲はまだザワザワしているけど……じわりと顔が熱くなるのを感じた。

……でも、本当に楽しい時間だった。前に来た時よりも終始穏やかな気持ちで観覧できて、心がとても満たされ華やいだ。

「ゆうりがもう少し大きくなったら、また来ようね？」

すぐるさんは笑いながら私の手を引いて立ち上がる。

その笑顔を見るだけで、同じ満たされた気持ちなのが伝わってくる。

ゆうりの成長が楽しみだ。

「うん」

――あの頃のすれ違った私たちは、もういない――

「もう少し時間があるけど、見たい場所はある？」

碧《あお》の広がる眩《まばゆ》いデッキに出たところで、すぐるさんが腕時計で時間を確認しながら尋ねてくる。

咲人に伝えたお迎え時間まで、移動時間を考えてもまだ余裕がある。

私は、ふと、さっきショップ巡りをしていたときのことを、思い出す。

「――それなら」


やってきたのは、船内ショッピングモールにあった、北欧風のオシャレな木製雑貨のショップだった。さっき前を通った時にちらりと見えたモノを……時間があるなら、帰る前にもう一度見たいと思っていた。

「へえ……可愛いね。木製の食器かぁ」

「うん、ゆうりにいいかな、と思って。そろそろ離乳食もはじまるので」

さほど広くない店内の棚には、職人さんが丹精こめて作った、なめらかな手触りの天然素材の食器が並んでいた。

大人用のシンプルでモダンなタイプのものはもちろん、乳幼児が使いやすいように工夫された、ハンドルのような持ち手のついたどんぶりや、先の丸いカトラリーまで。木製なら、食事中落としても割れないというのも、安心感がある。

お祝いなどでもらったものと、合わせて使えるものがあったら嬉しいと思った。

棚を見ながらふたりであれこれ話し合って、購入するものを決めていく。

「か、買いすぎじゃ、ありませんか……？」

「……？　全然そんなことないよ」

店を出ながら、大きなロゴ入りの紙袋を気にする私に、すぐるさんが不思議そうに首を傾げる。

結局、私の選んだゆうりのものだけではなく、すぐるさんはあれよあれよという間に、私たちの分までお揃いで購入してしまった。

いつものように、彼は私の見てない間にスマートに支払いを済ませてしまったが……一点でさえなかなか手を出しにくいお値段だった。きっと卒倒しそうな総額だったに違いない。

この金銭感覚の差への戸惑いだけは、出会って二年が経った今でもなかなか消えてくれない。

「一生懸命悩むさえが、可愛かったなぁ」

そして、息をするように紡がれるこの口説き文句にも……何年経っても慣れなさそうだ。

「……ん？　ごめん、電話だ」

なんて顔を真っ赤にしていたとき、すぐるさんがポケットのスマホを気にしながら、通路の端に寄って足を止める。

それからスクリーンを見て、首を傾げたあと耳に当てた。

「もしもし、隼人？　どうしたんだ？」

どうやら電話の相手は、弟の隼人さんのようだ。

私の前から移動しないところを見ると、仕事の電話ではなさそう……？

ちなみに、アメリカを拠点とし、大道寺グループの不動産事業を統括する多忙な彼とは、みゆきたちの結婚式で顔を合わせたきりだ。つまり、ゆうりとはまだ顔を合わせていない。すぐるさんとは、会社で会っているらしいけれど。

聞こえてくる会話によると、今夜ある会食と打ち合わせのため、たった今、帰国したとのこと。

何となくふたりの会話の向かう先を察して窺《うかが》っていると、さらに二言三言話した後、すぐるさんが困ったように声を上げ、私のほうを見た。

「――今から？」

◇

実家へゆうりを迎えにいき、別れを惜しむ母と咲人に精一杯お礼を伝えたあと、私たちは授乳やオムツ交換をして宿泊予定の都内のグランツハピネスへ移動した。少し早いが、次は食事の予定だ。

予約をしているのは、異国のお城のような広い庭や、大きな噴水のある池を前にしたエレガントなレストランだった。

それらが一望できる個室へ案内されると、そこには、私たちよりも早く到着していた影がひとつ。

「兄さん！　咲笑ちゃん！」

すぐるさんと似た面立ちの、カジュアルスーツ姿のその人が、こちらに手を振りながら駆け寄ってきた。

アッシュブラウンのミディアムヘア。すぐるさんよりもシャープな目元に、人懐っこい笑み――

隼人さんだ。

電話のあとに聞かされたのは、隼人さんがスケジュールの合間にゆうりに会いたいと言ってくれていることと、ここで到着を待ってくれているということ。

すぐるさんは『せっかくの日に、いきなりごめん』と申し訳なさそうにしていたが、久しぶりに再会できて嬉しい。

「優梨〜！　はじめまして。隼人兄ちゃんだよ〜？」

「……おじさんの間違いだろう？」

再会の挨拶をしたあと、ようやく対面できたゆうりを抱き上げ喜んでくれる隼人さん。

すぐるさんは鋭く突っ込みつつも、その口角は上がっていてとても嬉しそうだ。

「最初が肝心なんだからね？　それにオジサンって言ったら昔の兄さんの右に出る者は――」

「わかったから、もうそれはやめてくれ……！」

久々とは思えない穏やかな時間が流れはじめる。なんだかんだ言っていてもふたりは本当に仲が良い。見ているだけで、頬が緩んでしまう。

「――んで、今日は、家族水入らずのところ、時間を作ってもらってごめんね」

すぐるさんの配慮で飲み物が届くと、時間のない隼人さんは早々と本題に入った。

「相変わらず忙しそうだな」

「忙しいのは兄さんも同じだろう？　俺はこの後、上のレストランで会食があるんだけど、父さんから兄さんたちがここ予約してるって聞いて、急いで連絡したんだ。優梨はもちろんだけど、咲笑ちゃんにも久々に会いたかったからさ」

ここのホテルの最上階には、すぐるさんから二度目のプロポーズをしてもらったレストランがある。

分刻みのスケジュールの中、生まれたばかりの姪はもちろん、ずっと会っていない私のことまで気にかけてくれていたらしい。

相変わらず隼人さんは、お兄さん思いで優しい気配りの名人だ。

「優梨」

隼人さんが前屈みになって、すぐるさんの膝上でテーブルクロスを引っ張ってイタズラをするむくむくした手をちょんとつつく。

なになに？　と私たちの天使が、ほっぺたが重たそうな顔を上げて、目の前にやってきたパパと似た面立ちをキョトンと見つめた。

「隼人兄ちゃん、ちょっと遠いところに住んでいて出遅れちゃったけど、会えるのを楽しみにしてたんだ。——元気に生まれてきてくれてありがとう」

そして、隼人さんはやってきたウェイターさんから荷物を受け取り、そのひとつをゆうりに手渡した。

「きゃあ」

ゆうりと同じくらいの大きさの……上質で柔らかそうな可愛いテディベアだった。

ふわふわの白い毛並みに、足の裏には彼女の生まれた年号と日時が刻まれていて、首にはピンクの大きなリボン。女の子が好きそうな可愛らしいぬいぐるみだ。

大興奮してむぎゅっと抱き着いたゆうりの反応に、みんなで笑い合う。

「良かった、気に入ってくれた？」

一度ぬいぐるみを離して、見つめ合って また抱きしめるといった行動を繰り返すゆうりを見ながら、隼人さんが嬉しそうに声を弾ませる。

そんな様子を見守りながら話に花を咲かせ、ガラス窓の向こうで空がオレンジ色を濃くしはじめたころ、隼人さんのスマートフォンがブーンと鳴り響く。

アラーム音を停止させた隼人さんは「そろそろ時間か」と静かに席を立った。

「今の仕事落ち着いたら、こっちで少し長く休みを取ろうと思ってるんだ。そしたら、みんなでゆっくり食事でもしよう」

私たちも惜しむように後に続いて、もう一度お礼を口にした。

「ありがとう、隼人」

「楽しみにしています」

ゆうりはすっかりテディベアが気に入った様子で、腕に抱いたまま。

隼人さんはそのほっぺたにプニプニと触れたあと、最後にテーブルの下から『御祝い』のリボンのついた、ちょっと見覚えのある紙袋を私たちへ差し出した。

さっき、ウェイターさんが持ってきたもうひとつの荷物だ。

「改めておめでとう——兄さんは、引き続き咲笑ちゃんに煙たがられないようにね、二人ともこれからも仲良く」

お礼を言いながら受け取るが、その言葉にきょとんとする。

「へ？」

煙たがる……？　なんの話……？

「メッセージに返事がないから、てっきり俺の出番かと思ってたんだけど」

「──俺たちは大丈夫だから、早く行ってくれ」

しかし、すかさずすぐるさんの腕が伸びてきて、隼人さんの背中をドアの方へ押す。

「ははは！　ほんと、相変わらず。じゃ、またね～！　ショーをお楽しみに」

「？」

行ってしまった……

それに、〝ジョー〟ってなに？

頭の中は、疑問でいっぱいだ。

何事もなかったようにゆうりを抱いて、私を窓のほうへエスコートするすぐるさんに「なにかあったんですか？」と尋ねたが、彼は恥ずかしそうに微笑むだけ。

「それに、ショーって……」

そう続けたとき、個室の照明の光度がゆっくり落ちてゆく。

「あれ……？　暗くなった？」

「うー」

ゆうりもぬいぐるみを抱いたまま、すぐるさんの腕の中でキョロキョロしている。

やがて個室の中は淡い間接照明だけになった。

でもすぐるさんは、大きなアーモンドアイを輝かせている。

この展開は過去にも何度か経験したことがある……

「さぁ、ふたりとも、外を見ていて」

思った通り。私はその声に、またゆうりは彼の指先に促され、私たちはいつの間にか暗がりになっていた、中庭の大きな池に視線を移した。

彼がそう言ったときは、いつもなにか素敵なことが起きる前触れだ。

そして、ゆうりの喃語を聞きながら待っていると——突然、池の中で色とりどりの光がはじけ、噴射される水流を彩りはじめた。

「……これは——」

ゆうりもテディベアを抱えたまま、動きを止めて見ている。

まだ、完全に夜の訪れていない空をバックに、噴水が七色のイルミネーションと絡み合って、鮮やかに踊りだす。

水圧の強度で動きを変えながら、優雅な鳥のダンスショーのように。

大きくなったり、小さくなったり、止まったり、いきなり噴射されたり。

まるで異世界からやってきた美しい生き物みたいに、幻想的に踊って私たちを魅了する。

ショーって、噴水イルミネーションのことだったんだ……

「隼人が開発した海外の複合商業施設でやっているイベントを、今日から取り入れたんだ。こっちもシンガポールみたいに、イベントができたらいいと、ずっと思っていてね。……それに、これならゆうりもビックリしないでしょう？」

すぐるさんはそう種明かしして、目を輝かせて固まっているゆうりと、それから私を見てニコリと微笑んだ。

——ほんとうに、この人は……

最近では少し良くなってきたけれど、ゆうりは大きな音がとても苦手だ。月齢の小さい頃は掃除機の音も苦手で、よく物音にビックリしては泣いていた。

客船で観覧したオーケストラやミュージカルのような音楽も、ゆうりにとっては難しかっただろう。

経営者としてグランツを盛り上げることに精力的に取り組みながらも、いつも私たち家族を大切に思ってくれる彼は……本当に予測できないことをしてくる。

「ありがとう、すぐるさん」

そう口にすると、頬を傾けたすぐるさんの端整な顔が、そっと近づいてくる。

「ふたりの笑顔が俺のすべての原動力だから」

そう囁《ささや》いた唇と触れ合いそうになったとき。

「うー……あーっ！」

すぐるさんの腕にいたゆうりが、ニコニコしながら私たちの顔の間に小さな手を割り入れてきた。

『ふたりでなに遊んでいるの？　私も混ぜて？』って、愛らしく私たちを見つめる、無垢《むく》でキラキラした、期待に満ちた瞳。もちろん左手はリディベアのピンクのリボンを忘れずに掴んでいる。

途端、私たちは、顔を見合わせて「「ふ、ふふっ」」と吹き出してしまった。

そして、両側からぷくぷくのほっぺたに唇を寄せる。

「ゆうり、愛してるよ」

「私たちのもとにやってきてくれて、本当にありがとう」

ゆうりは「きゃあっ！」と嬉しそうに声をあげると、輝く噴水イルミネーションを浴びながら両手足をパタつかせて喜んでくれた。

◇

それから、ゆうりの様子を見ながら順番にディナーを食べ終え、私たちは早々に客室へと引き下がった。ゆうりにとって、はじめての外泊。私にとって慣れ親しんだグランツとはいえ、小さな体にあまり負担を掛けたくないと思った。

やってきた部屋は、スイートルームのような間取りの、ファミリー向けのゆったりした客室だった。

すぐるさんがピックアップしてくれた中から、二人で決めた部屋だ。

ベビーベッドやおもちゃが備えられていたり、乳幼児向けのアメニティーが充実していたり、朝食をルームサービスでいただけたり、いつも自分たちが宿泊してきた部屋やプランとはガラリと異なる。

改めて彼の手掛けるグランツハピネスのホスピタリティに感服した。

ゆうりは部屋にやってきてから、ずっとテディベアを抱えながら、見慣れないおもちゃにも興味津々だった。

初めて見る木製の機関車は不思議そうに手にしていた。積み木や仕掛け絵本などもうちにあるものと違っていて、私たちに見せては「うーうー」と嬉しそうになにかを訴えたり……いつもとは違った環境に、わくわくしている様子だった。

そうして、私たちと遊び通しているうちに疲れたのだろう。

すぐるさんと一緒にお風呂へ入ったあと、薄明かりの灯るベッドルームで授乳しているうちに、糸の切れた人形のようにコテンと眠ってしまった。

——ふふ、幸せそうな顔。お休み、ゆうり。

ぷくぷくのほっぺたに、すぐるさんとふたりでキスを落としても、ピクリとも動かない。

小さな体を備え付けのベビーベッドへ寝かせ、すぐるさんにお願いして、私もバスルームへ向かった。


「おかえり」

ホテルのバスローブを纏ってリビングに戻ると、すぐるさんは都内の夜景を一望できる窓際のカウチに座って、ティーカップを傾けていた。

同時に鼻腔をくすぐる、芳ばしい香り。

見るとカウチ横の丸テーブルには、彼が手配してくれたのだろう、私の分のティーカップも。この香りは、私が妊娠してから愛用しているルイボスティーだ。横には、さっき隼人さんからいただいた紙袋もある。中を見ていたのだろう。

「ゆうりは大丈夫でしたか？」

尋ねながら近づくと、待っていたように彼の座る二人掛けのカウチの隣へ誘《いざな》われる。

「何度も見に行ったけど、幸せそうに眠ってたよ」

「良かった」と安心して、お礼を言ってからカップに手を伸ばす。やっぱり中身はルイボスティーで、独特の香ばしさや心地良い渋みが広がり、ほっ……と心が落ち着く。

「さえ」

ソーサーにカップを戻すと、すぐるさんの手が伸びてくる。

乾かしたばかりの、少し伸びた私の髪にサラリと触れた。

どうしたのだろう？　と思っているし、やがて、洗いざらしの髪を揺らしながら端整な顔がゆっくり近づいてきて、ドキドキしながら、二週間前の甘い夜の宣告を思い出してしまった。

『続きは〝一周年の夜〟にでも――』

そうだ……ゆうりもいてすっかり忘れていたけれど、そう言われていたんだった。

今夜はきっとこのまま……

なんて胸を高鳴らせながら、瞼《まぶた》を閉じた瞬間。

――カチン。

耳の横で何かが嵌る音。

「あぁ、やっぱり可愛い。さえによく似合っている」

えっ？　と目を開けると、私を愛おしそうに見つめながら、キラキラ目を輝かせる、そんな雰囲気なんて一ミリもないすぐるさんがいた。

「え、あの……」

勘違いだった……と恥ずかしい気持ちは、ひとまず置いておき、音のした右耳に触れると、硬いものに当たる。

そのままガラス窓を見つめると、そこには――

「これ……ヘアクリップ……？」

反射して映るのは、ゴールドのリーフをメインにパールと小さなお花があしらわれた、ヘアクリップだった。

凸凹のある葉脈が上質さを漂わせ、煌めくクリスタルガラスのお花と滑らかなパールが添えられている。とてもシンプルだが安価なものではないとわかる。

以前プレゼントしてもらったバレッタとは、またタイプが違った繊細さで、これも私好みで素敵だ。

でも、ちょっと待って――

「最近髪が長くなってきたさえに似合いそうだと思って」

「嬉しいけど、私、もらっちゃっていいんですか……？」

クリップに手を添え、戸惑いながら顔を上げる。

日々のことにいっぱいいっぱいで、なんの気遣いもできていなかった自分に気付き、気後れしてしまう。

今日のことをすべて手配してくれたのは、もちろんすぐるさん。私は日々のことに追われていて、プレゼントなんて気が回らなかった。もう少し早く気づいていたら、さっき客船内のショップで、彼のために何かを一緒に選ぶことだってできたはずなのに……

もちろんすぐるさんがそういうことで、とやかく言う人ではないのはわかっているけれど。

こんなに素敵なプレゼントまで……さすがに甘えすぎじゃ……？

「私、してもらってばかりで……」

「さえ……」

言いたいことを察したように、温かくて優しい大きな手のひらが私の頭に触れた。

「君は、この前俺が言ったことを覚えてないみたいだね？」

「え？」

目を瞬かせると、すぐるさんはもう一度聞かせてくれた。

「言ったでしょう？　この前――」

『俺は、いつも仕事で家を空けることが多い。そんななか居心地のいい環境を整えてくれて、ゆうりがすくすく育っているのは、他でもないさえのおかげだよ』

『さえを甘やかしたいと思ってる』

「――って。いつも甘えてばかりなのは、俺の方だ。だから、今日くらいは甘えてよ？　それにこれは、プレゼントというよりは、君に似合うから、身につけて欲しかっただけ……。ちゃんと受け取ってもらえないと困る」

「すぐる、さん……」

屈託ない笑顔を浮かべ、ヘアクリップを崩さないように髪を撫でてくれる。

その真っ直ぐな瞳からは、彼の紡ぐ言葉のすべてに嘘がないと強く伝わってくる。でもその裏には、子育てに追われる私の気持ちに配慮しながらこれを選んだのだろうという優しさと、ちゃんと受け取らないと、許さないぞ？　という、いつもの頑固さも垣間見えた。

胸の奥が熱い。熱くて、優しくて、ぎゅっと苦しくなる。

「大事にします。ありがとう、すぐるさん。……でも、今度一緒に出掛けたら……私にも、すぐるさんの身につけるものを選ばせてください」

嬉しくなってすぐるさんの首に腕を巻き付けると「ありがとう」と嬉しそうに笑う彼の声が耳に触れる。

大切にしよう。クリップは髪から外し、受け取った箱に収めて大切にしまっておいた。

「これも、見てくれる？」

そうして箱をテーブルへ戻したとき、すぐるさんが含み笑いしながら、さっき隼人さんからいただいた紙袋を差し出してきた。

どうしたのだろう？　と思っていると「たぶん、びっくりすると思うから」とクスクス笑いながら言われる。

見覚えのある紙袋とロゴだとは思っていた。

ちょっとだけ予感を覚えながら、中を覗いてみると――

「……これ――！」

びっくりして、慌てて取り出す。

出てきたのは、ＯＰＰシートで華やかにリボンや花とともにラッピングされた――さっき豪華客船内のショップで購入した木製の食器だった……！

車のトランクに置いてきた、ゆうりに買ったものと、同じ……

柄違いのプレートやお椀、コップなど、セットで入っている。

隼人さんもそろそろ離乳食がはじまる頃合いだと考えてくれたのだろうか。プレゼントとすぐるさんを交互に見つめて数秒後、思わず「ふふっ」とふたりで吹き出してしまった。

「同じショップの袋だと思ってさえが風呂の間に覗いたら、中身まで一緒でおかしくなった」

「隼人さんも、最近……客船に乗船したんでしょうか？」

「まさか！　これは海外《むこう》で人気のブランドショップだから、本当に偶然だろうね」

「海外で……？」

あの大道寺グループで行っている造船事業においては、客室部分については主にすぐるさんが、ショップやイベントなどについては、隼人さんが担当したそうだ。

だから、入っているショップは、海外を拠点とする視野の広い隼人さんの、お眼鏡にかなった一流のお店ばかりなんだとか。こんな偶然があるなんて。

「あれ……？　袋の中に、手紙が入ってる」

取り出したプレゼントをもう一度中へしまおうとしたとき、紙袋の底部に封筒が貼り付いているのを見つけた。

「手紙？」

「たぶん」

肩を寄せ覗き込んできたすぐるさんに促されて、開封してふたりで目を通す。

――新しい家族、優梨の誕生おめでとう。これからもふたりの幸せと、優梨の健やかな成長を祈って……。隼人より

【追伸・兄さんが咲笑ちゃんに煙たがられていないか心配です。子育て中お忙しいかと存じますが、咲笑ちゃん大目に見てやってください】――

読み終えてすぐ、目をパチパチさせる私。子育て……煙たがる……

「……隼人は最後まで油断ならない」

直後、苦笑したすぐるさんによって手紙は封筒に戻され、プレゼントとともにテーブルの端へ追いやられてしまった。

彼の耳がやけに赤いのもあって、状況を察する。

「もしかして、隼人さんに何か、私のことで言われたんですか……？」

すぐるさんの肩がピクリとわかりやすく跳ねた。

レストランでも、同じようなことを言われていたのを覚えている。

「隼人さんから、何かアドバイスを受けたとか……？　すぐるさんも、不安なことがあったとか……？」

気になって畳み掛けるように、問いかける。

陽気な隼人さんは、頑固なすぐるさんをからかう節がよくある。

そしてすぐるさんは、真面目な性格上　からかい混じりのアドバイスでも、真正面から受けとってしまうところがある。

見聞きしたものを照らし合わせると、二人の関係ならそういうことだろうと思ったのだ。

『欲をぶつけるのは違う気がして、我慢して離れていた……それに――』

さらに言えば、二週間前の夜、彼が私の誤解を解こうとしていたとき、明らかに何かを言いかけていた。

じっと見つめて答えを待っていると……

やがてカウチに背を預けたすぐるさんが観念したように笑って「さえには敵わないなぁ」なんて

ため息を吐いたあと、ぽつぽつと口にした。

――それは、私が出産してすぐの頃だったんだとか。ゆうりの誕生に終始浮かれ気味で、育児書を何冊もカバンに入れ持ち歩いていたすぐるさんは、それを会社で隼人さんに見つかってしまったらしい。

『……育児書なんて、兄さんらしいよね～。でも兄さんの場合、これに書かれた通り実践するよりも、咲笑ちゃんにしばらく触れないことの方が大変そうだよね……』

中身を見ながら、からかうようにそう言われたそうだ。

そのとき、はじめての子育てに、私と一緒にてんてこまいしていたすぐるさんは『そんなことない』とぶっきらぼうに返して、隼人さんを追い返そうとしたらしい。

『でもね、うちの秘書さんたちが言ってたんだよ。出産した女性は精神的なものから変わんだって』

だけど、もちろん隼人さんが立ち去るわけがなく話が続けられ、育児本にはない情報に、ついつい真面目なすぐるさんの手は止まったらしい。

『子育てに専念するあまり、スキンシップとか夜のことも鬱陶しくなったり、下手したらパートナーへの見方もそのまま変わって、夫婦仲がうまくいかなくなることもあるって』

すぐるさんは、急に背筋に悪寒が走って、そんな未来もあるのかと想像し……恐ろしくて、気が遠くなって、身震いしそうになってしまったんだとか。

ちなみに隼人さんの秘書筆頭は、欧米在住の大道寺のお母さんの妹さんで、教員免許も持っている、とても知識豊富で博識な人だと聞いたことがある。そのぶんとても厳しいらしい。

『まぁ、とりあえず……兄さんが咲笑ちゃんを大好きなのはわかるからさ、育児とかよりも、忙しい咲笑ちゃんにしつこくしすぎて嫌われないかなぁ～とか……俺は、そっちのほうが心配かも』

そして、真っ青になったすぐるさんの指からボールペンがポロリ……と床に落ちると、隼人さんはニッコリと笑ったらしい。

からかわれているように感じたらしいけれど、叔母さんの言葉ともあって、その情報を重く受け止めた彼は、ずっと私の負担にならないように体を重ねるのはもちろん、スキンシップもなるべく最小限に心掛けていたんだとか。

もちろんその根本にあるのは、私への労《いたわ》りの気持ちだけれども、頭の隅っこにずっと引っ掛かっていたから、私が不安だと伝えることで自分が必要とされたと知り、心底ホッと安心したそうだ。

きっとあの日、険しい顔つきでスマートフォンを操作していたのも……隼人さんから似たようなメッセージが来てどう返事しようかと考えていたのだろう。

思わず、すぐるさんも私と同じように考えていたことに、笑いそうになってしまった。

「負担になんて思わないです……。確かに、出産してすぐのころは、はじめての育児にいっぱいいっぱいで、すぐるさんを気にかける余裕も、触れ合うとか考える余裕もなかったと思います……でも、この前言ったことが、私の気持ちです」

キッパリ言って手を握って見つめる。すると二週間前の私が勘違いして不安になったときのことを思い出したのだろう。夜景を取り込んだ大きなアーモンドアイが、ニコリと弧を描いた。

「打ち明けてくれて嬉しかったよ。ありがとう。……でも、さえには、かっこ悪いところを見られてばかりだな」

そう言ったすぐるさんが顔を近づけてきて、ちゅっと唇が重ねられた。

「ううん、そんなことない。私は、いつも大事に思ってもらえて、幸せです」

そう切り返して微笑み合って、もう一度顔が近づいて……重なった唇は今度はしっとり溶け合った。

「……なら、それを実感してもいい？　さえがちゃんと俺のこと好きだって実感したい……この前の続き、したい……」

深くなろうとしたキスが離れ、耳元で囁《ささや》かれる甘すぎるおねだり。

『この前の続き』

すでに体の疼《うず》きを感じていた私は、赤くなりながらこっくりと頷いて、自分から唇を押しつけた。

――もちろん、私も、すぐるさんに触れたいし、愛されたい。

すぐるさんは嬉しそうに私を抱き上げ、真ん中の大きなソファへ移動した。

そっと横たえると、そのまま覆い被さってきて、舌を絡ませながらキスをしてくる。

「優しくするつもりだけど、辛いときは言って。……今日の俺、すごく余裕ないから」

その言葉が合図のように、しゅるりとバスローブの紐が解かれてしまった。

「ぁ……」

ドキリとする間もなく、合わせが開かれ桃色の下着を纏った体があらわになった。

久々の夜を少しだけ意識して、今夜は少し前に購入した、ふんわりしたレースのついたフェミニンな下着をチョイスした。授乳しやすい可愛らしいデザインは、自分でもお気に入りだ。

「可愛い……さえの白い肌によく似合っている」

「んっ……」

熱を帯びた視線がじっと私を見下ろし、大きな手のひらが肌の上を滑り出す。

こうして一度触れ合ってしまうと、今までどうして我慢できていたのかと、やっぱり不思議になる。昼間はゆうりのママでいられても、無意識に女性としての本能が目覚めてしまうのだろうか。

「もう、ここ、勃《た》ってる」

「……っ！」

なんて考えていると、下着の上からスリスリと指の腹で胸の先端を刺激されて、びくん、と背筋を仰け反らせた。

久々の感覚に漏れそうになる声。慌てて手で口を押さえた。奥の仕切りの向こうではゆうりが眠っている。

「まだ、触ってもないのに。さえも早く触れて欲しかったの……？」

だけど、すぐるさんは構わずカリカリと爪先で刺激しながら意地悪に尋ねてくる。

夜のすぐるさんは、やっぱり意地悪とてつもなくえっちだ。お腹の奥がふるりと震える。

でも、それ以上に優しくて、甘いのも知っている。

「したかった……だから、はやくして……？」

「――可愛すぎ……俺、最後まで理性もたないかも」

「……ぁっ」

素直に懇願すると、焦れたようにバスローブとブラジャーが頭からひとまとめで引き抜かれ、ショーツのみの姿になる。

そんな私をうっとり見おろしたあと、すぐるさんはこぼれた両胸を鷲掴み、先端をクリクリいじりながら揉みしだいた。

「んっ、やぁっ……ぁ」

「頭が沸騰しそうだ」

たまに、キュッと先端がつまみ上げられ「ひゃっ」と声が出てしまう。同時にもう片方もクニクニッと捏《こ》ね回され、漏れそうになる声を噛み殺した。

「ぁ……ちょっと、待って……ん」

久しぶりの刺激に頭がついていかない。声が出ちゃう。

蚊の鳴くような声でお願いしたのもつかの間、今度は背中に腕が巻きつき瞬く間に体勢が変わる。

私は、すぐるさんの膝を跨《また》ぐような形で座らされていた。

「……悪いが、今日は、待てない」

そう言い切って再び伸ばそうとしたすぐるさんの手が、急に止まった。

なにかと思って彼の視線を辿ると、右胸の先端からは、いつの間にか白い液体がポタポタとこぼれている。

最近では授乳のタイミングでしか出ないから安心しきっていた。

「あっ……やだ、出てきちゃっ――……んひゃぁっ！」

手で押さえるよりも早くすぐるさんが顔を寄せ、母乳のこぼれる先端をちゅるん！　と口に含んだ。そのまま、ちゅくちゅくと熱い口の中で舐め転がし、味わうように吸いあげる。

「～～ッ！　あぁ……」

「……母乳って、甘いんだね」

ちゅぽっと口を離して感想を一言。そして、また吸い付かれる。

全身が熱を持った。

ゆうりに授乳するのは、なんとも感じないのに……すぐるさんに自分の体液を口にされていると思うと、たまらなくえっちでどうしようもなく感じてしまう。

「～～っ！　……はぁ、んっ」

「こっちもだ。ちゃんと、塞がないと」

反対側に移動してきた熱い唇が、同じように滴りだした母乳を舐めたあと、口に含んで入念に先端を吸いあげる。

ザリザリと舌で削られ、コロコロ芯を動かされる。意識が遠くなりそうなくらい気持ちいい……しだいに脚の間で蓄積した熱を感じていると、彼の大きな手のひらが腰に添えられ、ぐいっと腰の方へ引き寄せられた。

「あぁっ……」

熱くてどうしようもなくなっているソコに、ゴリッと硬いものが擦れて呼吸が震える。

見れば、色濃く変えた桃色のショーツの下で、同じくボクサーパンツに染みを作った熱棒が限界だとねだるように硬く反り立っている。

こくり……と喉が鳴る。

体が覚えている。これでナカを擦り上げられると、どれだけ気持ち良くて……どれだけ心身ともに満たされるのかを。

見入っていると、支えるようにお尻を掴まれた。

「もう、今にも暴走しそうでしょ？」

耳元でいやらしく尋ねられたあと、グイッと腰を突き上げられショーツ越しに熱棒がつき刺さる。

「あっ、ん……」

「さえも、もうナカに欲しくて仕方なさそうな音だね」

「やぁ……いわ、ないで、恥ずかしい……」

「なんで？　俺は嬉しいよ」

回り込んできた指が、色を変えたショーツのクロッチ部分を見せつけるように撫であげる。糸を引きながらぬちゃぬちゃと音が響き、動きに合わせて「あっ、ぁ」と甘い声が小刻みに上がってしまう。

「こんなにどろどろに溶かして……ずっと、俺が欲しくて仕方なかったってことでしょう」

言い当てられて、羞恥に戦慄《わなな》いた体から、さらにとろりと蜜がこぼれる気配がした。

彼の言う通り、すでに布越しの刺激じゃ物足りなくて……疼《うず》いて疼《うず》いて仕方ない。

もう、頷くしかなかった。

「なら、ちゃんとほぐしてあげる」

甘美な宣告とともに、クロッチの隙間からぬるりと指が滑り込む。

「あ……」

堪らず腰を浮かせ、ぎゅうっと首元に抱き着いた。

どろどろに溶けた恥ずかしいその場所を探り当てると、指が割れ目をなぞるようにゆっくり上下に移動する。

「ぁ……あぁっ、ア」

くちゅ、ぐちゅ……客室に響くすごい音。

やがて、クスクス笑う気配とともに「挿れるよ」と、すぐるさんの長い指が蜜を纏いながらズブズブとナカに入ってきた。ゆっくり内壁をかき分けるようにして奥まで進み、中指の付け根が入り口に当たる。

全身がゾクゾク震えて、背中が仰け反った。

「すごい、ぎゅうぎゅう締め付けてくる……気持ちいいの？」

優しく擦りあげながら尋ねられて、ほとんど理性の残っていない私は首にしがみついたまま、また甘えるようにコクコク頷いた。

「……きもち、いぃ……もっと、して」

脳が、とろけちゃいそう。

「──たまんないな」

ちゅぽん……と一度指が引き抜かれ、体がソファの上に横たえられる。

そして、もう一度、くちゅ、くちゅ、ナカをかき混ぜはじめたその右手が、今度は蜜口の上の方でツンと立っている蕾《つぼみ》を親指の腹で捉えた。

「ひぁっ……そこはっ」

「さえの好きなところ、両方可愛がってあげるよ」

それから、指の腹で捉えたままの蕾《つぼみ》を円を描くように捏《こ》ね回し、ナカの指を押すようにぐちゅぐちゅ動かした。さっきとは桁違いの快楽が津波のように押し寄せ、全身を電気が通ったみたいにガクガクと震える。

「あ、ぁっ、んぁ……！　だめ、これは、すぐに……っ──」

両方から送り込まれる気持ちよさで、意識がバラバラになって、どこかに飛んでいってしまいそうになる。ゆうりが起きてしまうと思うのに、口を押さえる余裕すらなかった。喘ぎながら彼の腕にすがりつく。

やがてナカの指が増やされ、蕾《つぼみ》も音を立てながら捏《こ》ねて押されてもてあそばれて。

あ……もう──

「イッていいよ」

「ん、ん〜〜〜っ!!」

低く囁《ささや》かれたその瞬間、きゅっと蕾《つぼみ》がつままれ唇が唇で塞がれる。私は全身をビクビクと大きく痙攣《けいれん》させ、大好きなその背中にしがみついたまま深く達してしまった。

久々の感覚に「はぁ、はぁ」と乱れる呼吸。

背中がソファへ沈み、恍惚《こうこつ》とした意識のなか、胸を上下させる。

「さえ。悪いが、まだ休めないよ——」

すぐるさんがバスローブを脱いで、ショーツを剥いだ私の足の間に体を寄せてきた。直後、避妊具をつけた熱棒がくぷっ……と蜜口に宛がわれ、両脚を抱えられる。濡れそぼった恥ずかしいソコをさらけ出す体勢になってしまった。

「挿れるよ」

そして、ゆっくりと押し込ってくる灼熱の塊。久しぶりの行為に、内壁はきゅうきゅうと収縮しているが、大好きな人の欲望を歓喜するように飲み込んでいった。

「はぁっ……すご、い……」

陰茎の付け根が押し当てられ、ぴったりひとつになる体。

埋め込まれる圧倒的な質量は、いつもより苦しいが蜜壺内の弱い場所すべてに触れて、信じられないほど気持ちいい。

うっとり息を吐くと、すぐるさんの綺麗な顔が切なげにゆがんだ。

「っ、く……。さえ、大丈夫？」

隙間がなくなった体をしっかり抱きしめ、コクコク頷いた。

「きもち、よくて……幸せ……」

「俺も……気持ちよくて、我慢できそうにない」

ぱちゅん……！

「ぁ……」

切羽詰まった声とともに腰が前後に動き出し、待ちわびた快感が訪れる。

はじめは浅くゆっくり焦らすように擦り上げられ、しだいに蜜壺内を掻き回すように、熱く獰猛に。

腰を掴んで容赦なく打ち付けられると、硬い先端で奥をこそげるように刺激され目眩《めまい》がした。

「～～っ！　はぁッ！　ぁっ、奥ばかり……」

ゆうりを気にして潜めていた声が漏れ、どんどん我慢できなくなっていく。

「……ッ、好きでしょう？　突くたびに俺のモノを絞ろうとして、悦んでいる」

「は、ぁ、だって……きもち、いぃ」

撃ち込まれるたびに先端がトントンノックするように子宮口に突き刺さって……きゅうきゅうナカが戦慄《わなな》く。

意識が飛びそうなほど気持ち良くって、動きに合わせて腰をくねらせるように動いてしまう。

「ここも、またあふれてきてる……」

すぐるさんはそんな私を満足げに見つめたあと、腰を打ち付けながら背中を丸める。

こぼれた母乳を舐め取ると、胸の先端をちゅうっとキツく吸い上げた。

「～～ッ！　……んッ、はぁっ、ゃぁん……」

唇を引き結んで、どうにか嬌声を堪える。

「甘いな……ゆうりに怒られるかな」

そう言いながらもやめる様子なんてなさそうで、どちゅ、どちゅと子宮を抉《えぐ》りながら胸に手を添え、左右ともに入念に舐め転がす。

「どっちもは……すぐ、イッちゃ……っ」

一気に快楽の波が、せりあがってくる。

「――イッていいんだよ、何度でも」

さらに抽送のスピードをあげながら、煽るようにキツく先端を吸いあげられる。

しだいに頭の中が真っ白に染め上げられて――

「ぁ、イ……んん～～～ッ！」

限界を察したすぐるさんが私の嬌声をキスで塞ぐ。その体にしがみつきながら、絶頂の波に全身をビクビクと震わせた。

「――っ、さえ……くっ……」

さらに何度か私を穿《うが》ったあと、愛おしそうに私を呼びながらすぐるさんがどくどくとナカで雄芯を震わせた。

「すぐるさん、大好き……」

「俺はその何万倍も……愛してる」

触れ合った肌の間で重なる鼓動を感じながら、私たちは余韻に浸るようにしばらく繋がったまま唇を合わせていた。


寝る前にもう一度シャワーを浴びて寝室に向かうと、薄暗い間接照明のなか、すぐるさんがベビーベッドに寄りかかって、ゆうりの寝顔を見つめていた。

万歳ポーズで眠っているゆうりは、よほど楽しかったのだろう、あれだけ私たちが騒がしくしてしまったにもかかわらず、幸せそうな顔ですーすー眠っている。

「シャワー、すみません」

寄り添って囁《ささや》くと「おかえり」と優しい温度の唇が額に押し当てられる。

「ゆうりの寝顔を見ていたら、一瞬だったよ」

さっきの情熱は嘘のように引いて、とても穏やかな空気が私たちを包み込む。

「ぐっすり眠っていますね」

ゆうりの小さな手に、すぐるさんが愛おしそうにそっと触れた。

眠りが深いのか、ゆうりが動く気配はない。

「あれだけ騒がしくしても、起きなかったくらいだからね」

頬が熱くなる。

騒がしくなったのは、容赦なかったすぐるさんのせいでもあるんだけど……まぁ、久しぶりの触れ合いで、盛り上がり過ぎたのは否めない。

「……一年前は、こんなに早く出会えるなんて思わなかったな」

感慨深そうな声が届いて、私もふと、挙式からの一年二ヶ月を思い起こす。

「そうですね——」

挙式後すぐの妊娠で、まさに幸せの絶頂が続いているようだった。

はじめてのことに戸惑いや不安は沢山あったけれど……その度に悩む私を支え、手を取って導いてくれたのは、いつだってすぐるさんだった。

そんな誰よりも愛しい人と同じくらいかけがえのない宝物に、こんなにも早く出会えるとは思わなかった。寝顔を見つめながら、ふっと口元に笑みを浮かべる。

「数年後は、また、家族が増えているかもしれませんよ」

何気なくそう口にすると、すぐるさんが私の顔を覗き込んでにんまり笑う。

「さえが、積極的で嬉しいなぁ～」

「——あ、ちがくて……っ！」

そういう大胆な意味で言ったわけでけ……！

——ちゅ。

「冗談だよ。もう少し落ち着いたら……だよね？」

アタフタしていると、イタズラ顔の彼が唇を盗み「ほら、大きな声を出したら、起きちゃうよ」なんて嗜《たしな》める。

――ほんとうに、いつまで経っても、この人には敵わない……

でも、だからこそわかることもある。

そんな私たちを愛してくれる彼だからこそ。

私たち家族の進む未来は――この先何年経っても、温かく優しい光で満ち溢れているだろう。

それだけは、確かだ。

「二年目の結婚記念日は、どうやって過ごそうか」

「え、もう、来年のこと？」

「もちろん。さえとゆうりと過ごす未来を考えるのは、俺の楽しみだから」

この作品に対する皆様のご意見・ご感想をお待ちしております。

おハガキ・お手紙は以下の宛先にお送りください。

【宛先】

〒150-6019 東京都渋谷区恵比寿 4-20-3 恵比寿ｶﾞｰﾃﾞﾝﾌﾟﾚｲｽﾀﾜｰ 19F
（株）アルファポリス　書籍感想係

メールフォームでのご意見・ご感想は右のＱＲコードから、
あるいは以下のワードで検索をかけてください。

アルファポリス　書籍の感想　検索

ご感想はこちらから

本書は、「アルファポリス」（https://www.alphapolis.co.jp/）に掲載されていたものを、
改稿、加筆、改題のうえ、書籍化したものです。

利害一致婚《りがいいっちこん》のはずですが、
ホテル王《おう》の一途《いちず》な溺愛《できあい》に蕩《とろ》かされています

みなつき菫（みなつき すみれ）

2024年 1月 31日初版発行

編集－星川ちひろ
編集長－倉持真理
発行者－梶本雄介
発行所－株式会社アルファポリス
〒150-6019 東京都渋谷区恵比寿4-20-3 恵比寿ｶﾞｰﾃﾞﾝﾌﾟﾚｲｽﾀﾜｰ19F
TEL 03-6277-1601（営業） 03-6277-1602（編集）
URL https://www.alphapolis.co.jp/
発売元－株式会社星雲社（共同出版社・流通責任出版社）
〒112-0005 東京都文京区水道1-3-30
TEL 03-3868-3275
装丁イラスト－カトーナオ
装丁デザイン－AFTERGLOW
（レーベルフォーマットデザイン―ansyyqdesign）
印刷－中央精版印刷株式会社

価格はカバーに表示されてあります。

落丁乱丁の場合はアルファポリスまでご連絡ください。

送料は小社負担でお取り替えします。


ISBN978-4-434-33319-4 C0093